Sommerhitze

MännerschwarmVerlag

RICHARD ROSEN

SOMMERHITZE

Männerschwarm Verlag
Hamburg 2014

Fantasien nehmen keine Rücksicht auf die Wirklichkeit, das macht sie so wertvoll. Wer sich durch die Darstellungen dieses Texts zur Nachahmung veranlasst fühlt, soll sich deshalb klar darüber sein, dass die Realität beim Sex Schutzmaßnahmen verlangt, auf die in der Fantasie verzichten werden kann: Safer Sex!

Bibliografische Information der Deutschen Bibliothek
Die Deutsche Bibliothek verzeichnet die Publikation in der Deutschen Nationalbibliografie; detaillierte bibliografische Daten sind im Internet über http://dnb.ddb.de abrufbar.

Richard Rosen
Sommerhitze

Umschlaggestaltung: Carsten Kudlik, Bremen, unter Verwendung eines Fotos von Anja Müller
Druck: Interpress, Budapest

1. Auflage 2014
ISBN der Printausgabe: 978-3-86300-179-7
ISBN der Ebook-Ausgabe: 978-3-86300-181-0

Männerschwarm Verlag
Lange Reihe 102 – 20099 Hamburg
www.maennerschwarm.de

Aber am schönsten sind meine Erinnerungen
an die Jugend, die ich nicht hatte.

Baron Corvo

Die Sonne auf Kevins Haut fühlte sich gut an. Warm und freundlich lag sie auf seinen bloßen Beinen und forderte ihn wortlos auf, sich zu entspannen. Der Junge schloss die Augen, hörte den Vögeln zu, die in den Bäumen sangen, und ließ langsam seine Oberschenkel auseinander fallen.

Mit angehaltenem Atem wartete er auf die erste Berührung.

Dieser Moment war immer besonders spannend, weil man nicht wusste, wo die Finger zuerst sein würden, rechts oder links, oder auf beiden Beinen gleichzeitig, an der Wade, am Knie oder vielleicht gleich weiter oben am Schenkel, dort wo die kleinen und besonders empfindlichen Härchen saßen ...

Diesmal begannen Stefans Finger ihre Wanderung an Kevins linkem Bein. Einen Moment lang umkreisten sie spielerisch seine Kniescheibe, dann arbeiteten sie sich langsam, mit vielen Abzweigungen, den Oberschenkel hinauf.

Kevin biss sich auf die Lippen, um das leise Stöhnen zu unterdrücken, das schon wieder in seinem Hals steckte. Die Regeln ihres Spiels waren hart, und sie benachteiligten ihn, weil er so kitzlig war. Wer zuckte oder stöhnte, der musste den anderen streicheln – und gemeinerweise schien Stefan überhaupt nicht kitzelig zu sein. Kevin hatte ihn oft schon ganz lange gestreichelt und alles probiert, aber Stefan lag immer nur ganz still da, rührte sich nicht und gab keinen

Ton von sich. Er lächelte dabei und man konnte genau sehen, wie sehr er es genoss, dass er sich so gut kontrollieren konnte. Mittlerweile hatte Kevin keine große Lust mehr auf dieses Spiel, weil er dabei immer den Kürzeren zog. Außerdem waren sie beide dafür eigentlich zu alt. So was spielten doch eher kleine Jungs ... Aber jedes Mal, wenn Stefan sagte «Hey, lass uns Kitzeln spielen», dann machte er doch wieder mit, stieg eifrig aus seinen Shorts und legte sich vor Stefan auf den Boden.

Sie hatten das Spiel auch erst vor ein paar Wochen erfunden, aber Kevin kam es so vor, als sei es schon viel älter, genau wie der Sommer, der erst vor ein paar Tage richtig angefangen hatte und doch schon ganz lange zu dauern schien. Seit es so warm geworden war, spielten sie das Spiel jeden Tag, und eigentlich kamen sie nur deshalb hierher, in diesen verlassenen, verwilderten Garten am Ende der Straße, weil man hier ganz allein und ungestört war. Das Haus stand schon seit langem leer und Kinder, die in der Nachbarschaft wohnten, trauten sich nicht in seine Nähe, geschweige denn in den Garten. Sie erzählten wilde Geschichten von einem Mord, der in dem Haus passiert sei, und von unheimlichen Männern, die dort übernachteten.

Aber das war alles Blödsinn. Natürlich sah das Haus ein bisschen merkwürdig aus, mit den vernagelten Fenstern, und der Garten war seltsam. Alte Obstbäume lagen umgestürzt und abgestorben herum, die Hecken wucherten und das Gras wuchs hüfthoch, aber die Rosen am Haus blühten üppiger als in all den gepflegten Gärten an der Straße. Auf der Terrasse war es besonders schön: Bis zum Nachmittag saß man hier in der Sonne. Man konnte in den Garten sehen, zugleich aber standen rechts und links hochgeschossene Büsche wie Wände, die den Platz von allem abschirmten, was draußen in der Welt vor sich ging.

Hier war der beste Platz für das Spiel. Auf den Steinplatten zu liegen oder zu knien war zwar nicht gerade bequem, aber die Wärme, die sich über der Terrasse fing, lud trotzdem dazu ein, das Spiel hier zu spielen. Und Stefans Idee, die Hosen auszuziehen und sich da draufzulegen, war genau richtig. So war es viel einfacher, hinterher den Staub abzuschütteln. Und man konnte den anderen auch viel besser kitzeln.

Kevin ließ die Beine noch weiter auseinanderfallen und Stefan nahm die stumme Einladung an: Seine Finger, die über die feinen Haare auf Kevins Oberschenkel strichen, bogen plötzlich nach innen ab. Das war die empfindlichste Stelle an Kevins Beinen und auch diesmal gelang es ihm nicht, sich zu beherrschen: Er zuckte und stöhnte leise auf, als Stefan seine Hand in Richtung seiner Unterhose schob.

«Verloren!», rief Stefan begeistert. «Du bist dran!»

Sie tauschten die Plätze. Wie immer ignorierten sie beide den deutlich sichtbaren Ständer in der Unterhose des anderen. Ihre Schwänze wurden jedes Mal steif, wenn sie das Spiel spielten, aber weder Kevin noch Stefan hatten jemals etwas darüber gesagt. Es passierte und war irgendwie Teil des Spiels und vielleicht sogar der wichtigste Teil – aber dabei blieb es. Kevin bekam immer sofort einen Ständer, wenn Stefan ihn streichelte, und mit der Zeit war gerade der Gedanke, dass jemand genau beobachtete, wie sein Schwanz in der Hose dicker und länger wurde, für Kevin besonders aufregend geworden. Denn natürlich guckte Stefan da ganz genau hin. Aus halbgeschlossenen Augen hatte Kevin das gesehen. Und er selbst starrte natürlich auch auf die Beule in Stefans Unterhose. Nur war die immer schon da, wenn sie die Plätze tauschten.

Gedankenverloren begann Kevin Stefans Beine zu streicheln. Alles war wie immer: Stefan hielt still; er zuckte nicht

und stöhnte nicht; nur der Schwanz in seiner Hose bewegte sich; man konnte sehen, wie er pulsierte, und jetzt zeigte sich da oben, dicht unter dem Gummiband der Unterhose, auch der dunkle Fleck, der bewies, dass Stefans Schwanz zu lecken begann. Kevins Finger glitten weiter über Stefans Beine, aber seine Gedanken waren plötzlich woanders. Am Anfang war das ein aufregendes Spiel gewesen, aber jetzt wiederholte es sich. Eine Zeit lang war es aufregend gewesen, Stefans Haut an den Fingern zu spüren und seinen Schwanz zu sehen, wie er in voller Länge in seiner Unterhose steckte, aber jetzt wurde das langweilig, weil Kevin sich partout nicht traute, das zu tun, was er eigentlich tun wollte: die Finger langsam zu dieser eindrucksvoll dicken Beule in Stefans Unterhose wandern zu lassen, und dann die Hand - oder vielleicht besser gleich beide Hände - auf den Schwanz zu legen, der sich so groß und hart unter dem weißen, dünnen Stoff abzeichnete.

Kevins Finger juckten und er spürte den wilden Impuls, nach diesem verlockenden Riemen zu greifen, der nur notdürftig verborgen direkt vor seinen Augen lag, und ihn zu drücken, um seine Hitze zu fühlen, um zu messen, wie dick und hart er wirklich war, um ihn dann ans Licht zu holen und ihn zu bewundern, mit ihm zu spielen, um ihn zu wichsen, vorsichtig, zögernd zunächst und fast zärtlich, schließlich zunehmend härter, drängender, fordernder, und mit immer noch schnelleren Bewegungen dann, bis Stefan nicht anders konnte und im weiten, hohen Bogen seinen Saft abspritzte, immer und immer wieder, bis dieser Strom dann langsam versiegen und klebrig über Kevins Finger laufen würde …

So stellte er sich das vor - aber er wusste doch genau, dass er auch diesmal wieder nicht den Mumm aufbringen würden, den entscheidenden Schritt zu tun, aus dem sich alles andere wie von selbst ergeben würde, den Schritt, auf

den sie beiden nun schon seit Wochen warteten, denn er war ein Feigling, genau so ein Feigling wie Stefan.

Langsam wanderte Kevins Blick durch den verwilderten, unordentlichen Garten. Die Wiese mit dem hohen Gras vibrierte mit unsichtbarem Leben und brummte wie der Sommer selbst. Die Büsche bewegten sich mit dem leichten Wind, Insekten kurvten durch die Luft und schlugen dabei seltsame Haken, die Rosen verloren einige Blütenblätter, die langsam im hellen Licht nach unten auf die Erde fielen.

Kevin sah auch den großen, bärtigen Mann neben dem halb umgestürzten Obstbaum, aber er brauchte lange, bis sein Kopf verstand, was er da sah.

Halb verborgen im Schatten der Blätter stand der Mann ganz still und er schaute Kevin direkt ins Gesicht. Er trug eine grüne, ziemlich schmutzige Latzhose, aber kein Hemd darunter. Seine Schultern waren breit und seine dunkle Haut glänzte, als sei sie mit einer dünnen Flüssigkeit überzogen. Vielleicht schwitzte er stark.

Kevins Hände erstarrten mitten in der Bewegung auf Stefans Knie. Das Herz schlug ihm bis zum Hals. Vielleicht waren die Geschichten über das Haus und über die Männer, die dort angeblich hausten, doch wahr. Kevin schluckte und auch er begann plötzlich stark zu schwitzen. Mit schreckgeweiteten Augen beobachtete er, wie der Mann langsam, wie in Zeitlupe, die rechte Hand hob. Er griff nach oben, an den einen Träger seiner Hose – und öffnete ihn. Der Träger glitt nach oben und verschwand hinter der Schulter, der Latz der Hose fiel nach vor, wurde aber von dem zweiten Träger an einer Seite noch gehalten. Brust und Bauch des Mannes waren jetzt teilweise entblößt. Er war muskulös und auf der Brust behaart wie ein Bär. Die Haare waren dunkel, fast schwarz – genau wie sein Bart. Kevin schluckte wieder und blinzelte nervös.

«Was ist los?»

Stefans unwirsche Stimme riss Kevin aus seiner Erstarrung. Er öffnete den Mund, um Stefan leise zu warnen – und schloss ihn gleich wieder, ohne etwas gesagt zu haben.

«Das ist unfair. Ich hab dich auch gestreichelt», nörgelte Stefan, ohne die Augen zu öffnen.

Kevin sah, wie die Finger des Mannes über seine breite Brust wanderten. Sie strichen durch die dichten Haare, die auf dem massigen Muskel wuchsen, und erreichten schließlich eine seiner Brustwarzen. Er streichelte sie und spielte damit, ohne den Blick von Kevins Gesicht zu lösen.

«Gleich … gleich geht's weiter», flüsterte Kevin, ohne genau zu wissen, was er sagte. «Ich … ich hatte nur was im Auge.»

Und seine Hände fuhren wieder durch die weichen, feinen Haare, die auf Stefans Oberschenkel wuchsen, aber Kevins Augen blieben bei dem Mann und dessen Fingern, die weiter an der Brustwarze spielten, kurz daran zogen, sie vielleicht sogar für einen Moment kniffen, und dann wieder durch den üppigen Haarpelz strichen, der den massigen, starken Brustmuskel bedeckte. Dabei spreizte der Mann seine Finger fast übertrieben weit auseinander. Intuitiv verstand der Junge, warum das geschah: Er sollte auch aus der Entfernung jede Bewegung dieser Hand gut sehen können.

Plötzlich begann das Spiel mit Stefan wieder Spaß zu machen.

Mit geschlossenen Augen lag der Junge vor Kevin auf dem Rücken und hatte schon wieder dieses genießerische Lächeln auf den Lippen. Auch um Kevins Mund zuckte es jetzt, aber das war ein Lächeln anderer Art. Mit einem leichten Druck seiner Hand brachte er Stefan dazu, seine Beine noch weiter auseinanderfallen zu lassen. Vom Garten aus mussten seine Oberschenkel und auch die dicke Beule in

der Unterhose jetzt viel besser zu sehen sein. Dann spreizte Kevin seine Finger, so wie der Mann es getan hatte, und ließ sie in großen, fast zeremoniell langsamen Bewegungen über Stefans Haut wanderten. Schrittweise, methodisch, arbeitete er sich so nach oben, in Richtung auf die Stelle, wo Stefans Beine zusammentrafen.

Der Mann, der sich nicht von der Stelle rührte, beobachtete mit unbewegtem Gesicht Kevins Bewegungen. Er ließ seine eigene Hand sinken und griff sich in den Schritt. Langsam schloss er die Finger und drückte seinen Schwanz, dessen Konturen sich für einen Moment deutlich unter dem Stoff der Hose abzeichneten. Er war entweder schon ganz steif oder zumindest dabei, richtig hart und dick zu werden. Herausfordernd blickte der Mann Kevin an, während seine Faust sich noch enger um seinen Schwanz schloss.

Der Junge schluckte, aber dann nahm er doch seinen Mut zusammen. Er beugte sich ein wenig vor, zögerte kurz – und legte dann seine Handfläche auf Stefans steifen Schwanz. Unter dieser Berührung zuckte der überraschend dicke Riemen heftig in der Hose und Kevin fühlte auch, wie Stefan schlagartig die Luft anhielt und alle Muskeln in seinem Körper anspannte. Aber er gab keinen Ton von sich und hielt auch die Augen weiter fest geschlossen. Kevin drückte Stefans Glied – so ähnlich, wie der Mann es ihm vorgemacht hatte. Der heiße Schwanz des vor ihm liegenden Jungen antwortete mit einem noch wilderen Zucken.

Danach passierte alles wie im Spiegelbild, nur leicht zeitversetzt zwischen Garten und Terrasse. Kevin folgte mit seinen Bewegungen den Händen des Mannes; er war der Schüler, der willig und aufmerksam die stummen Anweisungen seines Lehrers befolgt.

Der Mann fuhr mit der Hand in seinen Hosenstall – Kevins Finger schlüpften unter den Saum von Stefans Unter-

hose. Der Mann holte seinen steifen Schwanz an die Luft und zeigte ihn vor, er schüttelte ihn leicht und ließ Kevin sehen, wie lang, fett und dick der Riemen war - Kevins Finger befreiten Stefans Glied aus der Dunkelheit der Unterhose und hoben ihn ans Licht, sie richteten den Schwanz des Jungen auf und hielten ihn gerade, dass der ovale Kopf genau nach oben in den Himmel zeigte.

Der Mann spuckte in die freie Hand und schmierte die helle, klare Flüssigkeit über den dicken Kopf seines Riemens und über den fetten Schaft, bis er feucht glänzte - Kevin machte mit angehaltenem Atem das gleiche mit Stefans Schwanz, bis seine Spucke ihn mit einer dichten Schicht überzog.

Wenn die Regeln noch gegolten hätten, wäre das Spiel jetzt eigentlich vorbei gewesen, denn Stefan war längst nicht mehr still und stumm. Er keuchte und stöhnte und wälzte seinen Kopf auf dem staubigen Boden der Terrasse hin und her - aber Kevin hatte ein anderes, neues Spiel begonnen, das viel spannender und aufregender war, gerade weil Stefan davon nichts wusste. Kevins Augen leuchteten und seine Brust weitete sich mit einem unbekannten Gefühl von … von Macht, und dieses Gefühl machte ihn geiler und aufgeregter, als er je zuvor gewesen war. Es war ihm egal, dass sein eigener Schwanz unbeachtet in seiner Hose zuckte und pulsierte, denn er war sich ganz sicher, bei diesem Spiel - endlich - den besseren Part zu haben als Stefan.

Schließlich begann der Mann langsam zu wichsen - und Kevin wiederholte jede dieser Bewegungen an Stefans heftig pulsierendem Schwanz. Für ein paar Minuten bewegten die beiden sich erstaunlich synchron: Zwei Hände glitten über einen Schwanz, umkreisten die Spitze und zogen sich langsam zurück, gaben die Eichel wieder frei, wanderten an dem dicken Schaft langsam nach unten, immer tiefer,

bis die Handkante gegen die Eier schlug und es nicht mehr weiter nach unten ging. Zwei Fäuste schlossen sich um den harten Riemen, hielten und drückten ihn, schüttelten ihn kurz, machten ihn damit noch dicker und härter - und begannen dann ihre Wanderung nach oben, zurück an die Spitze, dorthin, wo der rhythmisch pulsierende Riemen von der rötlich schimmernden Eichel bekrönt wurde, in der dieser kleine Schlitz klaffte, aus dem immer mehr klarer Vorsaft hervortrat, der sich mit einer geschickten Bewegung der Finger über den ganzen Kopf schmieren ließ.

Kevins Bewegungen waren sicher und beherrscht, aber seine Augen wanderten hektisch hin und her: Sie sprangen von Stefans Schwanz immer wieder auf den Riemen des Mannes und von dort weiter nach oben zu seinen dunklen Augen. Stefans Schwanz war schön: Er war groß, elegant gebogen, und hatte eine perfekt geformte Spitze, deren Haut im Sonnenlicht glänzte, als sei sie aus poliertem Marmor. Aber der Schwanz des Mannes war noch schöner. Stefans Riemen ähnelte Kevins Schwanz: Er war ungefähr genauso groß und Kevin hatte sehr schnell das Gefühl, ihn genau zu kennen, obwohl er diesen Schwanz doch überhaupt noch nie zuvor berührt hatte. Er lag so ähnlich in der Hand wie sein eigenes Glied; er war genauso dick (vielleicht nicht ganz so lang) und reagierte sehr empfindlich auf jeden Druck und jede Bewegung - Stefans Stöhnen und das Zucken seiner Beine verrieten das.

Der Schwanz des Mannes aber war etwas anderes, fremdes - und das faszinierte Kevin. Er wirkte stark und mächtig, genau wie der ganze enorm schwere und muskulöse Körper, zu dem er gehörte. Dieser Schwanz war nicht einfach nur viel dicker und viel länger, obwohl auch dieser Unterschied schon so groß war, dass Kevin nicht anders konnte, als zu staunen. Entscheidend aber war etwas anderes: So wie die Riesenpranke des Mannes diesen fetten

Riemen hielt, drückte und bearbeitete, war er etwas ganz anderes als ein empfindlicher Jungs-Schwanz, der schon bei einer leichten Berührung jede Sekunde explodieren konnte. Nein, das da war ein echter Männer-Schwanz, der viel länger brauchte, bis er bereit war, seinen Samen auszustoßen, der sich genießerisch Zeit lassen konnte, der seine Kraft auskostete und sie demonstrativ vorführte, weil der Mann, zu dem er gehörte, genau wusste, was er wollte und weil er sich das nahm, was ihm zustand.

Kevin hätte das nicht in Worte fassen können, aber er spürte den Unterschied, wenn sein Blick von Stefans Riemen zum Schwanz des Mannes wanderte – und er spürte ihn noch viel deutlicher, wenn er dann in dessen Augen sah. Immer wieder trafen sich die Blicke des Jungen und des Mannes, und Kevin spürte dabei jedes Mal einen kleinen Stich im Herzen und ein wildes Zucken in seinem Schwanz. Selbst über die Distanz von mehreren Metern zogen die schwarzen Pupillen des Mannes ihn magisch an und ihr Blick traf Kevin immer wieder neu wie eine Berührung.

Aus dieser schweigenden Kommunikation wusste der Junge auch, dass der Mann nicht deshalb wichste, weil er auf Stefan und seinen Schwanz scharf war. Nein, er zeigte sich und seinen steifen Riemen nur für Kevin; der Mann spielte dieses Spiel mit ihm und nur mit ihm; Stefan war dabei nur ein Instrument, das sie beide benutzten. Nervös, mit flatterndem Atem, merkte Kevin, wie der Blick des Mannes ihn lenkte und fast mühelos beherrschte, wie das unsichtbare Band, das zwischen ihnen entstanden war, mit jedem Kontakt ihrer Augen stärker und stärker wurde.

Deshalb lagen Kevins Augen auch gar nicht auf Stefan, als der abzuspritzen begann. Sein Orgasmus hatte sich deutlich angekündigt: Das heftige Zucken in seinem Schwanz und der stoßweise, tiefe Atem waren klare Zei-

chen. Aber Kevin schaute trotzdem nicht genau hin, während seine Hand noch etwas schneller und mit noch etwas härterem Druck weiter an Stefans Riemen arbeitete. Nein, er sah dem Mann direkt ins Gesicht und präsentierte ihm Stefans Orgasmus mit dem hoch fliegenden Samen wie ein Geschenk: Seine Finger hielten still, als er spürte, wie sich der harte Riemen in seiner Faust plötzlich zusammenzog und dann in einer langen Reihe rhythmisch aufeinander folgender Stöße Sperma ausstieß; undeutlich sah er, wie dicke, weiß leuchtende Tropfen direkt vor ihm hoch in die Luft jagten und dann in einem weiten Bogen nach unten stürzten. Das klatschende Geräusch, mit dem sie erst auf den Boden der Terrasse und später dann auch auf Stefans Haut prasselten, sagte ihm, dass sein Freund eine echte Superladung abspritzte – aber Kevins Blick blieb dennoch auf dem Mann.

Und er wurde auch gleich belohnt: Sein namenloser Freund grinste ihn an und drehte sich leicht zur Seite, damit sein unglaublich dicker Schwanz für Kevin noch besser zu sehen war. Der Mann wichste schneller und schneller, während seine dunklen Pupillen unverwandt Kevins Gesicht fixierten – und dann erstarrte er für eine Sekunde. Kevin hielt die Luft an, als er sah, wie alle Muskeln im Körper des Mannes sich anspannten und aufbäumten, wie seine starken Arme durch die Anspannung des Bizeps fast zu platzen schienen, wie sich die dicken Brustmuskeln nach oben wölbten und der flache Bauch mitten in der Bewegung als eine fein abgestufte Wand einfror. Das Bild dieser maximalen Virilität brannte sich in Kevins Netzhaut ein und wurde dort auch nicht ausgelöscht, als dann der Mann in einer Kette wilder Eruptionen abspritzte. Er jagte seinen Saft an den Baumstamm, der meterweit entfernt neben ihm stand, und sein Samen überwand die Entfernung mühelos im weiten Flug: Immer wieder neu schoss ein dicker Bat-

zen seines Spermas im hohen Bogen in die Luft und schlug mit einem feuchten Klatschen gegen die rissige, trockene Rinde.

Kevin beobachtete das mit weitaufgerissenen Augen – und kam, ohne sich selbst zu berühren oder auch nur zu bewegen: Ein Blitz schien in ihn einzuschlagen, durch ihn hindurch zu fahren, und seinen Körper dann über seinen fast schmerzhaft harten Riemen wieder zu verlassen. Zum ersten Mal in seinem Leben entlud sich sein Schwanz von selbst und es schien Kevin, als sei er noch nie so wild und stark gekommen wie in diesem Moment, als er in genau dem gleichen Rhythmus ejakulierte wie der Mann, der ihn aus dem Garten heraus mit brennenden Augen ansah, während er seinen Samen verspritzte, ohne darauf zu achten, wohin das klebrige Zeug flog.

Dann aber war alles ganz schnell vorbei. Stefan sprang plötzlich auf, griff nach seiner Hose und rannte wortlos davon, ohne Kevin noch einmal anzusehen. Verblüfft schaute der Junge seinem Freund nach, der im Laufen ungeschickt versuchte, seinen immer noch halbsteifen Schwanz wieder in der Unterhose zu verstauen. Erst kurz vor dem Loch in der Hecke blieb Stefan stehen. Er stieg mit hektischen Bewegungen in seine Shorts und verschwand.

Kevins Blick wanderte langsam zurück in den Garten.

Er war allein.

Auch der Mann war nirgends mehr zu sehen. Eine große Leere breitete sich in Kevins Kopf aus: Er merkte, dass er keine Vorstellung hatte, wie es jetzt weiter gehen sollte, mit ihm und mit Stefan, mit dem Spiel – und überhaupt mit seinem Leben. Dabei war doch eben etwas ganz Entscheidendes passiert.

Erschöpft sank er nach hinten. Er schloss die Augen und hörte auf die Vögel in den Bäumen und auf das Brummen

der Insekten. Fast schien alles ein Traum gewesen zu sein. Nur die Spuren von Stefans Sperma, das an seinen Fingern klebte, und die dicke Ladung, die er in seiner Unterhose spürte, verrieten, was geschehen war. Kevin streckte sich ganz aus und schob dabei seine Unterhose nach unten. Die Sonne schien das feuchte Sperma aufzulecken, denn seine Haut fühlte sich schon nach kurzer Zeit wieder ganz trocken an.

Der Sand auf dem Terrassenboden drückte sich unangenehm in seine Schulterblätter, und Kevin stand auf. Ohne sich noch einmal umzusehen griff er nach seiner Hose und machte sich auf den Weg zu Hecke. Sein Kopf war immer noch leer, wie betäubt. Er ging langsam, ohne zu wissen, warum er fort wollte und wohin er gehen sollte.

Als er den halb umgestürzten Baum passierte, neben dem der Mann gestanden hatte, sah er aus den Augenwinkeln helle Flecken auf der dunklen Rinde. Aufmerksam betrachtete er den neuen Beweis, dass er nicht geträumt hatte: Das Sperma des Mannes hing immer noch in dicken Tropfen am Baum. An einigen Stellen war es nach unten geflossen und schon getrocknet; andere Batzen aber waren zwischen die Ritzen der Rinde geraten und leuchteten feucht im hellen Sonnenlicht.

Kevin schluckte. Langsam, wie in Trance, trat er näher. Er beugte sich nach unten und sah erstaunt, wie seine Hand sich selbständig machte und einen ausgestreckten Finger in den dicksten Tropfen führte. Er spürte die Feuchtigkeit und sah, wie der weiße Saft an seiner Haut kleben blieb. Gegen seinen Willen wanderte der Finger dann langsam wieder nach oben, zum Mund. Er öffnete die Lippen und schob die Fingerspitze hinein. Automatisch, ohne einen Befehl des Gehirns, schoss die Zunge nach vorn – und dann schmeckte er das Sperma des Mannes. Gleichzeitig ging ein

Ruck durch seinen Schwanz, der sich eben noch so angefühlt hatte, als könne er überhaupt nie wieder steif werden. Jetzt aber wurde er schlagartig hart.

Als der salzige Geschmack in seinem Mund etwas nachließ, wiederholte Kevins Hand ihr Manöver. Sie fand einen anderen Tropfen auf der Rinde, schob den Zeigefinger hinein und führte die klebrige Flüssigkeit dann nach oben in den Mund. Mit einem leichten Schmatzen schlossen sich seine Lippen. Er machte die Augen zu und konzentrierte sich ganz auf den Geschmack auf seiner Zunge. Gut schmeckte das ... salzig zwar ... überraschend salzig ... aber doch gut ... sehr gut sogar.

«Willst du noch mehr?»

Die leise, tiefe Stimme in seinem Rücken ließ Kevin herumfahren.

Mit schreckgeweiteten Augen sah der Junge, dass er sich getäuscht hatte: Der Mann war gar nicht verschwunden. Er war immer noch hier im Garten. Direkt hinter ihm - zum Greifen nah.

Und er war jetzt ganz nackt. Seine schmutzige grüne Hose lag in einem zerknüllten Haufen hinter ihm auf dem Boden. Nur die Schuhe - schwarze, staubige Arbeitsstiefel - hatte er anbehalten. Er kniete mit weit geöffneten Beinen in dem langen, zertrampelten Gras und sah mit ruhigem Blick auf Kevin. Sein Schwanz war schon wieder ganz steif und er wichste mit langsamen, abwartenden Bewegungen, die seine massigen Schultern und seine dunkel behaarte Brust in einen trägen, gleichmäßigen Rhythmus versetzten.

Für einen Moment hatte Kevin das Gefühl, den Mann zu kennen. Die dunkel brennenden Augen und der kurze, bürstenartige Haarschnitt sahen vertraut aus. Aber dann redete der Mann und damit wurde er für den Jungen gleich wieder fremd, denn so hatte noch niemand mit ihm gesprochen.

«Ich hab noch mehr Saft. Viel mehr. Für dich. Wenn du willst. Ich geb' ihn dir», sagte der Mann leise und ruhig, während sein starker, muskelbepackter Oberarm sich zu einem weitgespannten Bogen aufwölbte, weil er seinen Schwanz leicht drückte und dabei einladend schüttelte. Nur die heftig bewegte Brust und der angespannte flache Bauch verrieten, dass auch der Mann aufgeregt war.

Kevin wollte davon laufen, sich retten, gerettet werden – aber er blieb doch wie festgenagelt stehen, sprachlos, entgeistert, bewegungslos, mit offenem Mund und flatternden Atem.

Der Mann leckte sich die Lippen und flüsterte:

«Oder soll ich dir einen blasen? Willst du das? Willst du mir in den Mund spritzen?»

In Kevins Kopf wirbelte ein Tornado, der nichts auf seinem Platz ließ. Ihm war schwindelig, sein Atem ging so rasch wie neulich nach dem viel zu schnellen 400-Meter-Lauf im Sportunterricht, ihm war übel und gleichzeitig war sein Schwanz so hart und so steif, dass er selbst bei der kleinsten Berührung sofort explodiert wäre.

Auch der Mann atmete jetzt schwer und unregelmäßig. Seine eigenen Worte machten ihn offensichtlich immer noch geiler: Sein Schwanz schien noch größer und härter zu werden und zuckte wie wild in seiner Hand.

Kevin starrte auf dieses Riesending und merkte, dass er den Schwanz aus der Entfernung trotz seiner Bewunderung unterschätzt hatte. Erst jetzt sah er, wie mächtig und stark dieser Männerschwanz wirklich war. Plötzlich fühlte er neben der Bewunderung auch Angst. Die Nähe dieser Kraft war ihm fast zu viel.

«Komm her», flüsterte der Mann rau, «ich blas deinen Schwanz! Gib mir deinen Schwanz, Junge … schieb ihn mir rein! Komm, spritz mir in den Mund! Und dann kannst du meinen Saft schlucken.»

Für eine Sekunde schien die Zeit stehen zu blieben, weil noch nicht entscheiden war, wie es weitergehen sollte. Für eine Sekunde war vieles möglich.

Aber der Mann war zu ungeduldig.

Er beugte sich vor und schien näher zu kommen – und damit war die offene, die unbestimmte Sekunde schlagartig vorbei. Kevins grenzenlose Aufregung schlug urplötzlich in Angst um, eine panische Angst, die ihn zwang, sich umzudrehen und schneller wegzurennen, als er jemals in seinem Leben gelaufen war. Er floh – genau wie Stefan gerade eben davongerannt war. Er war eben nach wie vor ein Feigling. Immerhin war er noch geistesgegenwärtig genug, wieder in die Hose zu steigen, bevor er sich durch das Loch in der Hecke schob.

Die enge Straße war menschenleer und still – wie Vorstadtstraßen in der Mittagszeit nun einmal so sind.

Alle Menschen versteckten sich in ihren Häusern vor der Hitze. Keiner von ihnen hatte eine Ahnung, was Kevin gerade erlebt hatte. Selbst Stefan nicht – denn der hatte ja gar nicht mitbekommen, was wirklich passiert war. Und Stefan durfte es auch nicht wissen. Keiner durfte das wissen.

Der Junge lief mitten auf dem Fahrdamm, ohne nach rechts oder links zu sehen, und fühlte sich plötzlich unendlich einsam und verlassen. Bisher hatte er ganz selbstverständlich zu den Menschen gehört, die in diesen Häusern mit ihren spitzen Dächern und den großen Wohnzimmerfenstern, in diesen gepflegten, ordentlichen Gärten ihr freundliches, langweiliges Leben lebten. Doch jetzt waren sie ihm fremd, weil er zu einem Fremden geworden war.

‹Willst du mir in den Mund spritzen?›

Mit jedem Schritt kehrte dieser Satz wieder in seinen Kopf zurück. Die Geilheit, vor der er davon gelaufen war, ließ ihn nicht los. Sie saß in seinem Kopf und lief mit

ihm durch die ausgestorbene Straße. Wenn er die Augen schloss, sah er den Mann vor sich, kniend, mit dem steifen Schwanz zwischen seinen braungebrannten, muskulösen Beinen; er sah den halbgeöffneten Mund des Mannes, die Zunge, die über seine Lippen gewandert war und sie ganz feucht gemacht hatte; er hörte den heftigen Atem und dann wieder diese tiefe, dunkle Stimme:

‹Willst du mir in den Mund spritzen? … Komm, spritz mir in den Mund! Und dann kannst du meinen Saft schlucken!›

Kevin blieb stehen. Er schwitzte wie im Fieber und auch sein Atem ging immer noch schwer. Die Sonne brannte im Nacken wie der Griff einer harten Hand. Er verstand jetzt, warum er davongelaufen war: Weil ihn der Mann überrascht hatte, als er ihm plötzlich so viel Macht anbot. Aber jetzt wusste Kevin, dass diese Macht existierte, dass er nur nach ihr hätte greifen müssen, um sie in vollen Zügen zu genießen – so wie der Mann sie genossen hatte, als er Kevin dazu brachte, Stefans Schwanz aus dessen Hose hervorzuholen und ihn zu wichsen.

‹Komm, spritz mir in den Mund!›

Wieder füllte der Satz seinen ganzen Kopf; wieder zuckte sein Schwanz in der Unterhose dabei so heftig, als sei er kurz vor der Explosion. Unhörbar sprach Kevin die Worte mit, erst einmal, dann noch einmal und dann immer wieder.

Plötzlich wusste er auch, woher er den Mann kannte: aus dem Fahrradladen hinter dem Supermarkt. Das Bild der schmutzigen grünen Hose brachte plötzlich die Erinnerung zurück. Den Namen des Mannes kannte Kevin nicht, aber er hatte ihn oft in dem Laden gesehen. Er war der Mechaniker, der, den alle fragten, wenn es komplizierte Probleme mit der Gangschaltung gab. Kevin hatte selbst vor ein paar Monaten sein Mountainbike dort zur Reparatur

abgegeben, das teure Rad, das er zum 16. Geburtstag bekommen hatte. Der Mann – damals noch ohne Bart – war sehr freundlich gewesen, kumpelhaft freundlich, und als Kevin das fertige Rad abholte, hatte er mit seiner ölverschmierten Hand plötzlich, ohne jeden Grund und ohne etwas zu sagen, nach Kevins Arm gegriffen und mit dem dreckigen Zeigefinger einen langen schwarzen Strich auf die Haut des Jungen gemalt, eine breite, schmutzige und stark riechende Linie, die von Kevins Ellenbogen bis hinauf zu seiner Schulter reichte.

Eine merkwürdige feierliche Aktion war das gewesen: Der Mann hatte ihm direkt in die Augen gesehen, aber nichts gesagt, und dabei ganz langsam diesen Strich auf Kevins Arm gemalt, so als sei das eine geheime Zeremonie oder ein Zauber-Ritus.

Der Finger, der im Zeitlupentempo höher kroch, hatte eine Gänsehaut über Kevins ganzen Körper geschickt und auch seinen Schwanz so hart werden lassen, dass ihm fast die Luft weggeblieben war. Vielleicht hatte er sich deshalb nicht gerührt und den Mann hilflos, mit offenem Mund, angestarrt, bis der Finger oben an seiner nackten Schulter angekommen war. Stumm hatte sich Kevin gefragt, ob der Mann seine beschmierte Hand jetzt unter das ärmellose, weite T-Shirt schieben würde, das er trug, um den öligen Strich von dort aus weiter und weiter bis nach unten über seine Brustwarze zu ziehen. Dieser Gedanke hatte mit einem Schlag noch mehr Blut in seinen harten Schwanz gepumpt, und deshalb war er merkwürdig enttäuscht gewesen, als die klebrige Fingerspitze dann doch nur einen kleinen Kreis aus Schmieröl auf seine Schulter malte. Schließlich hatte der Mann leise gelacht und gesagt: «Nur ein kleines Andenken. Aber keine Angst: Das lässt sich abwaschen.»

Kevin konnte sich sehr genau erinnern, wie verwirrt er

damals gewesen war. Im Laden selbst hatte er noch ganz normal getan, als der Mann sich von ihm abwandte, weil plötzlich die Ladenglocke ging. Kevin hatte einfach einen Lappen genommen und hastig den dunklen Strich abgewischt. Aber die Stelle auf seinem Arm fing schon an zu jucken, als er sich auf das Rad setzte. Und sie hatte noch ein paar Tage lang weiter gejuckt, obwohl er sich zu Hause natürlich gleich gründlich gewaschen hatte. Auch der schwere Geruch war ihm nicht aus der Nase gegangen. Mehrere Nächte träumte er sogar von dem Mann: Immer wieder malte sein kräftiger Finger Kevin im Traum wieder diesen öligen Strich auf den Körper, auf den Arm und später dann auch an anderen Stellen, auf der Brust, auf den Beinen und sogar auf dem Rücken, wo Kevin ihn gar nicht sehen konnte, aber doch fühlte. Er hatte auch gewichst bei der Erinnerung an diesen Moment; er hatte den schmierig-glatten Finger des Mannes ganz deutlich auf seiner Haut gespürt, wenn er kam und abspritzte. Sein eigener Saft hatte ihm als Ersatz gedient für das dunkle Öl: Mit dem Finger zog er lange Sperma-Linien auf seiner Haut, um das Gefühl zurückzurufen, aber irgendwie war das nicht dasselbe gewesen. Auch sonst hatte er oft an den Mann gedacht. Aber er hatte sich nie getraut, wieder in den Laden zu gehen. Er war eben ein Feigling. Und so hatte er die Erinnerung verdrängt und den Mann vergessen, weil er ihn unbedingt vergessen wollte.

Hoch oben über Kevins Kopf, in der leuchtend blauen Luft, dröhnten die Schläge der Kirchturmuhr. Es war zwei Uhr Mittag.

Langsam ging der Junge weiter. Die Hitze stand wie eine Wand in der verlassen daliegenden Straße. Geistesabwesend bog er in die Einfahrt zum Haus seiner Eltern. Vor der Garage lag sein Rad. Es war staubig und ungepflegt, ein

lieblos behandelter Gegenstand, den er achtlos fallen ließ, sobald er ihn gerade nicht mehr brauchte. Kevins Augen blieben an der mit Schmutz überzogenen Kette hängen.

In seinem Kopf formte sich eine Idee.

Die Mittagspause war vorbei, die Geschäfte öffneten jetzt wieder. Es war heiß und stickig. Die Menschen würden zu Hause bleiben und erst später einkaufen gehen. Wer jetzt schon losging würde bestimmt allein sein, allein mit dem Personal ... Seine Fahrradkette funktionierte nicht mehr richtig. Sie sprang immer wieder ab, wenn er einen bestimmten Gang einlegen wollte. Sein Rad musste repariert werden, jetzt gleich ...

Er würde den Mann finden. Und dann mit ihm zusammen in die Werkstatt gehen. Die Halle war klein und dunkel. Kevin kannte sie ja. Die Tür fiel immer von selbst ins Schloss. Dort würde der Mann sein Rad reparieren.

Und alles andere würde dann von selbst passieren. Er musste da keinen Plan machen.

Kevin stieg aufs Rad und bog auf die Straße. Er fuhr schnell.

Er wollte kein Feigling mehr sein.

Tonlos wiederholten seine Lippen immer wieder den einen Satz, der sich ihm unauslöschlich ins Gehirn gebrannt hatte: «Willst du mir in den Mund spritzen?»

Und jetzt gab sein Kopf die Antwort: «Ja. Ja. Ich will ... Ich will ... Ich will. Nimm meinen Schwanz in den Mund ... blas ihn ... spiel mit ihm ... leck meine Eier ... nimm meinen Schwanz ... spiel mit deiner Zunge daran ... blas ihn ... und dann ... dann spritz ich dir in den Mund!»

Kevin trat noch stärker in die Pedalen. Sein Schwanz rieb sich an seiner Unterhose. Er war ganz steif und schleimig von dem Vorsaft, der unablässig aus dem kleinen Schlitz im Kopf floss.

«Ja ... ich will ... ich will», sagte er leise.

Der Fahrradladen war kaum mehr als hundert Meter entfernt.

«Und auch das andere», flüsterte Kevin atemlos, «das will ich auch. Deinen Saft … den will ich auch. Aber erst will ich dir in den Mund spritzen. Und dann … dann will ich deinen Schwanz … und deinen Saft! Ich will ihn schlucken … so wie du meinen Saft schluckst. Dein Saft schmeckt gut … das weiß ich schon. Aber diesmal sollst du direkt in meinem Mund kommen!»

In hohem Tempo nahm er die letzte Ecke. Von weitem sah er den Mann in der grünen Latzhose, der gerade die Tür zur Werkstatt öffnete. Er hielt sie mit dem Fuß offen und drehte sich halb um, um nach einem Türstopper zu greifen. Aus der Entfernung fiel sein Blick direkt auf Kevin und er hielt mitten in der Bewegung inne. Seine nackten Schultern glänzten in der Sonne.

Kevin sah dem Mann ins Gesicht und grinste. Er fuhr schneller.

Plötzlich zögerte Till.

Er sah sich selbst im Spiegel, die rechte Hand mit der schon weit geöffneten Schere vor der Stirn, die linke mit der straff gezogenen Haarsträhne noch etwas darüber, und hielt mitten in der Bewegung inne.

Hinter sich hörte er ein höhnisches Kichern.

«Na, kriegt du jetzt etwa Schiss?», fragte Helge, der sich leicht zur Seite beugte und nun auch im Spiegel zu sehen war.

Till verzog verächtlich den Mund.

«Quatsch», murmelte er. «Ich glaube ... ich glaube, ich zieh lieber das Hemd aus.»

Helge schnaubte kurz durch die Nase. «Wie schlau», sagte er in dem spöttischen und leicht genervt klingenden Ton, den er eigentlich fast immer benutzte, wenn er kommentierte, was Till tat oder auch nicht tat. «Till, der lebende Plan ... immer wird alles genau überlegt.»

«Du kannst dir dann ja die Haare aus deinem Hemd schütteln», gab Till achselzuckend zur Antwort und griff schon nach dem Saum seines T-Shirts.

Sein Kopf steckte noch mitten in der plötzlichen Dunkelheit, in die der Stoff ihn hüllte, als er spürte, wie Helge es ihm nachmachte. Offensichtlich fand er die Idee doch nicht so blöd.

Kurz darauf standen die beiden Jungen, nun beide ohne

Hemd, wieder leicht versetzt hintereinander vor dem Spiegel und Till griff erneut zur Schere. Einen Moment lang glitt sein Blick dabei über den nackten Oberkörper des Freundes. Sie beide hatten heute etwas zu viel Sonne abbekommen. Bei Helge mit seiner hellen Haut fiel das jedoch besonders auf: Seine breiten Schultern schimmerten in einem fast schon gefährlichen Rot. Auch weiter unten, über dem Bund der Badehose, fehlte nicht mehr viel zu einem Sonnenbrand. Till staunte über das Farbspiel, das dort unten entstanden war: Über Helges flachen Bauch verlief scharf abgesetzt ein schnurgerader Strich, der das Rot und ein leuchtendes Weiß voneinander trennte. Noch einige Zentimeter tiefer hing der Saum der Shorts, die - wie immer - auf dem Weg nach unten zu sein schienen und sich auf wundersame Weise doch in ihrer Position hielten. Eine lockere Welle längerer schwarzer Haare kringelte sich in der Mitte des Saums über den Stoffrand.

Till musste unwillkürlich schlucken und er merkte, wie eine Gänsehaut über seine Unterarme zog.

Einerseits war an der Situation eigentlich nichts Besonderes: Er hatte Helge oft halb entkleidet und für kurze Momente sogar auch ganz nackt gesehen, in der Schule beim Umziehen vor und nach den Sportstunden, oder im Schwimmbad. Sie kannten sich schon lange, seit der fünften Klasse; zu Freunden, die auch nach der Schule noch zusammen abhingen, waren sie aber erst in den letzten anderthalb Jahren geworden, als sich herausstellte, dass sie beide in der Oberstufe fast die gleichen Kurse belegten. So waren sie sich vertraut, so vertraut jedenfalls, wie man das in einer typischen Jungensfreundschaft sein konnte, die ja - anders als bei den Mädchen - nicht von grenzenloser Offenheit und dauerndem Gerede, sondern eher davon lebte, dass beide einander ohne große Worte akzeptierten und schätzten.

Andererseits aber fühlte sich diese körperliche Nähe jetzt doch ganz anders an als sonst. Sie waren allein in diesem großen Badezimmer, das die schräg stehende Sonne in ein unwirklich goldenes Licht tauchte, und allein auch in dem geräumigen Haus, denn Helges Eltern waren nicht daheim. Draußen lag die vom Sommer aufgeheizte Stadt, deren Straßen jetzt mitten in den Ferien immer so leer waren. Die Welt schien sehr weit weg zu sein. Till hatte das Gefühl, damit rückten er und Helge ganz von selbst viel enger zusammen als sonst.

Außerdem war da noch ihr Plan. Der hatte schon etwas von einem Bund nur zwischen ihnen beiden.

Till – der die Idee gehabt hatte – machte den Anfang. Ohne noch einmal zu zögern, schnitt er die erste Haarsträhne mit einem entschlossenen Schnitt dicht an seinem Kopf ab. Dabei entstand ein seltsames Geräusch, fast so, als wenn Metall durch trockenen Sand gezogen wurde.

Feierlich wechselte die Schere von Hand zu Hand und Helge trat nach vorn vor den Spiegel.

Dabei berührten sich kurz ihre Schultern. Helge schien das nicht zu bemerken, aber bei Till wirkte die Berührung wie ein leichter Stromschlag, der sekundenschnell durch seinen ganzen Körper zuckte. Er war so abgelenkt, dass er fast den Moment verpasste, in dem die Schere die erste dunkle Locke an Helges Kopf abtrennte. «Ich mach dann gleich mal weiter», sagte der mit ganz ruhiger Stimme und setzte die Schere im gleichen Moment zum zweiten Mal an. Die nächste Locke fiel in den Papierkorb, den sie extra aus Helges Zimmer geholt hatten.

Eigentlich wollte Till genau verfolgen, wie der üppige Haarschopf seines Freundes nach und nach geschoren wurde, aber er fühlte sich abgelenkt. Wie schon selbst wanderten seine Augen immer wieder zu Helges Nacken, zu dessen Schultern, dem Rücken und noch tiefer nach unten

bis zu dem dunklen Spalt zwischen den überraschend starken Arschbacken, den Helges tiefsitzende Hose für einige Zentimeter freilegte. Er roch die Haut seines Kumpels, die nach Sonne, ausgetrocknetem Gras und nach gechlortem Schwimmbadwasser duftete. Er sah die Linie von fast durchsichtigen, feinen Haaren, die sich auf Helges langem, elegant geschwungenem Nacken in der Mitte nach unten zog, bis sie schließlich zwischen den Schulterblättern verschwand. Ein Schritt hätte genügt, um Helges breiten Rücken an seinem nackten Oberkörper zu spüren. Mit einer Bewegung hätte er den Jungen an sich ziehen können, um dessen schmale Taille und die fast perfekt entwickelten Bauchmuskeln direkt an seiner Haut zu fühlen. Gleichzeitig würde er im Spiegel sehen, wie seine Finger von diesem aufregenden schlanken Körper Besitz ergriffen, und dann würde er irgendwann spielerisch leicht in Helges langen Hals beißen und seine Haut schmecken …

Der Impuls, all dies einfach zu tun, war stark. Selbstkontrolle aber war Tills starke Seite. Da hatte Helge schon Recht. So blieb es – auch in der Abgeschiedenheit des Badezimmers – wieder bei nervösen Blicken.

«Jetzt du!»

Überrascht sah Till auf – und lachte. Er hatte nicht mitbekommen, wie Helges prächtiger Lockenkopf sich in so kurzer Zeit in ein Feld struppiger kurzer Strähnen verwandelt hatte, die nach allen Seiten gleichzeitig davon zu streben schienen.

«Warte, wie bescheuert du gleich aussiehst», sagte Helge grinsend und machte den Platz vor dem Spiegel frei. Noch einmal rieb sich kurz Schulter an Schulter. Der Stromschlag durch Tills Körper blieb auch diesmal nicht aus. Eilig trat der Junge einen Schritt näher an das Waschbecken. Die Erektion, die seine Hose nun doch gehörig ausbeulte, war für Helge so hoffentlich nicht mehr sichtbar.

Till erledigte die Arbeit schnell und mit großem Gleichmut. Er fand überhaupt nichts Besonderes an seinen schmutzigblonden, festen Haaren, obwohl seine Mutter immer wieder sagte, wie toll die aussähen und wie gut ihm das stehe, wenn er längere Haare habe. Der Vorschlag «Hey, wir machen uns kahl», war ihm deshalb heute Nachmittag ganz leicht über die Lippen gegangen, als er Helges beständiges Gejammer über die allgemeine Langeweile in ihrer Stadt, ihrer Schule und in ihrem Leben genervt unterbrochen hatte, ohne groß nachzudenken, was er da eigentlich sagte.

Sein Freund hatte erst nur die Stirn gerunzelt. «Wozu das?», fragte er unbeeindruckt. Till ignorierte das und griff mit einer Hand in Helges dunkle Locken, die nach ihren letzten Sprüngen ins Schwimmbecken noch nicht ganz trocken waren. «Super-raspel-kurz!», sagte er mit Nachdruck und schüttelte dabei Helges Kopf hin und her, um die Frage dann doch noch zu beantworten: «Weil dann alle fragen: ‹Wozu das?› Genau in diesem Ton. Reicht das nicht?»

Helge hatte dann länger nichts gesagt. Sein Blick wirkte – wie immer, wenn er schwieg – so, als gingen ihm tiefe Gedanken durch den Kopf. Till wusste zwar, dass der Eindruck fast immer täuschte. Trotzdem konnte er sich der Wirkung von Helges nachtschwarzen Augen, die ungewöhnlich tief in seinem schmalen Kopf und etwas zu eng beieinander saßen, auch diesmal nicht entziehen.

Wie so oft musste er beiseite sehen, um seine Stimme wieder zu finden. «Aber du bist stolz auf deine Gymnasiasten-Matte», sagte er betont abfällig, doch schon tauchte Helges ausgestreckte Hand in seinem Gesichtsfeld auf.

«Deal? Super-raspel-kurz?», hatte der gefragt – und Till hatte sofort eingeschlagen. Dann hatten sie sich angegrinst und Till hatte schon in diesem Moment fast einen Steifen bekommen, obwohl er gar nicht genau verstand, warum er so aufgeregt war.

Jetzt, als die spontane Idee Realität wurde, ließ seine Aufregung gottseidank langsam wieder nach. Irgendwie schienen sich seine Haare gegen die Schere zu sträuben. Offensichtlich ließ deren Schärfe rapide nach; das hässliche Geräusch, mit jede einzelne Strähne abgetrennt wurde, irritierte ihn.

Helge war zudem mit anderen Dingen beschäftigt und beachtete Till gar nicht. Er spielte mit dem elektrischen Haarschneider, den sie nach langem Suchen tief in einer Schublade im Badezimmerschrank gefunden hatten, baute ihn auseinander, pustete auf die Einzelteile, setzte sie wieder zusammen und probierte schließlich die verschiedenen Einstellungen. «Sechs Millimeter ist zu lang», murmelte er dabei. «Vier? Oder nur zwei?»

«Zwei!», sagte Till in einem Ton, der keinen Widerspruch duldete, und legte erleichtert die Schere beiseite. Er vermied einen prüfenden Blick in den Spiegel, denn der entscheidende Schritt zur Veränderung, der kam ja erst jetzt.

«Okay», antwortete Helge kurz und knapp. «Du zuerst?»

Till nickte schweigend und schloss die Augen.

Der Elektromotor begann zu brummen und das Geräusch kam schnell näher. Oben an der Stirn schien dieser Lärm plötzlich in seinen Kopf einzudringen; dann wanderte er vibrierend langsam nach hinten bis hinunter zu seinem Nacken. Eine zweite Bahn folgte fast sofort.

Als die Überraschung über die Lautstärke des Apparats sich gelegt hatte und auch das ungewohnte Gefühl von feinen Metallschienen, die über seine Kopfhaut glitten, nicht mehr neu war, registrierte Till fast mit Schrecken, wie dicht Helge ihm bei dieser Rasur kam. Er spürte dessen nackte Arme an seinen Schultern, am Hals und an den Ohren; eine Hand hielt und drehte seinen Kopf mit starken Fingern; er hörte Helges Atem und fühlte ihn auch auf seinem Nacken.

Manchmal, für kurze Momente, kamen sich ihre beiden

Körper sogar ganz nah. Warme Haut drückte dann gegen seine Schulterblätter und Till bildete sich ein, Helges Brustwarzen zu spüren, die oft so erstaunlich spitz und steil waren. Weiter unten rieb sich Stoff an Stoff, und wenn er sich nur ganz leicht nach hinten gelehnt hätte, dann hätte sich sein Hintern gegen Helges Unterkörper gedrückt. Seine Erektion, die fast schon verschwunden war, kam mit Gewalt zurück. Die Luft im Badezimmer schien plötzlich kaum noch Sauerstoff zu enthalten. Till fühlte sich kurzatmig und griff mit beiden Händen nach dem Rand des Waschbeckens, um sich daran festzuhalten.

Sein Laienfriseur arbeitete wortlos zügig weiter und bog Tills Kopf jetzt abwechselnd erst auf die eine und dann auf die andere Seite. Ging es dabei nach rechts, dann berührte Tills Ohr fast – aber eben nur fast – Helges Lippen. Die Vorstellung, dessen Zunge könnte plötzlich nach vorne schießen und dann langsam und genüsslich seine Ohrmuschel auslecken, wurde mit jeder dieser Annäherungen stärker und brachte den steifen Schwanz des Jungen fast an den Punkt der Explosion. Nur das kühle Porzellan des Waschbeckens, das er durch den Stoff der Hose an seinem Riemen fühlte, wirkte etwas beruhigend. Unablässig rieselten Haarstoppel auf seine nackten Schultern und auch tiefer auf Brust und Rücken. Der Juckreiz meldete sich zuerst vorne an seinen Brustwarzen und strahlte von dort immer weiter aus. Es half auch nicht, dass Helge plötzlich begann, die abgeschnittenen Haare in unregelmäßigen Abständen von Tills Schultern zu pusten – eher verstärkte sich dadurch das Gefühl von Überforderung und Machtlosigkeit, das ihn zunehmend unruhig machte.

Fast war Till drauf und dran, Helge den Rasierer aus der Hand zu reißen, um wieder sein eigener Herr zu werden. Er hob schon die Hand – da schoss ihm der Gedanke durch den Kopf: ‹Warum macht er das eigentlich? Ich könnte

mich doch auch selbst rasieren! Er muss mir nicht den Kopf scheren!› Sie hatten das weder geplant noch besprochen; Helge hatte einfach die Dinge in die Hand genommen.

Hatte das etwas zu bedeuten? War Helge hier der mit dem Plan?

Auf diese Fragen wusste Till keine Antwort. Etwas in ihm wünschte sich dringend ein doppeltes Ja.

Ihre Freundschaft, das war ihm in letzter Zeit immer stärker bewusst geworden, war eigentlich seltsam: Sie hatte keinen erkennbaren Kern und ließ sich nicht erklären. ‹Nein›, dachte er plötzlich, ‹das trifft es nicht›. Etwas zog sie zueinander, daran gab es keinen Zweifel. Begonnen hatte diese Anziehung vor einiger Zeit, als sie beide spät noch einmal stark wuchsen und sich dabei in überraschend kurzer Zeit von etwas pummeligen Jungs plötzlich in hoch gewachsene, junge Männer verwandelten. Dieser Magnet aber, der zwischen ihnen wirkte, war unsichtbar, verborgen - und sie beide schlichen um diese unbekannte Mitte herum, ohne den Mut zu haben, auch nur einen Schritt in den Nebel zu tun. Deshalb schwiegen sie so oft, wenn sie zusammen waren; deshalb redeten sie (wenn sie denn redeten) mit Vorliebe über ganz banales Zeug. Rückblickend verstand Till, wie er zu der Idee mit den Haaren gekommen war. Sie kam gar nicht aus heiterem Himmel, sondern war nichts anderes als der Hals über Kopf unternommene Versuch, endlich doch einmal aus ihrer Routine auszubrechen.

Es fragte sich nur, ob es sich um einen brillanten Einfall oder eine Schnapsidee handelte.

Till hatte nicht das Gefühl, den Ausgang zu kennen.

Abrupt stoppte das Brummen des Rasierers.

«Warte ...», murmelte Helge.

Seine Hände waren plötzlich überall, auf Tills Kopf, an

seinen Ohren, am Kinn, dem Nacken, auf den Schultern und am Hals. Überall fuhren Helges Finger rasch hin und her; sie wischten und rieben die kurzen Stoppeln weg, die auf Tills Haut klebten. Einige Male fühlte er kurz auch wieder einen warmen Luftstrom, der überraschend stark war und offensichtlich Helges Reinigungsarbeiten wirkungsvoll unterstützte, denn nach jedem dieser Atemstöße wanderten die Hände seines Freundes weiter. Schließlich landeten sie auf Tills Brust und glitten dort, langsam tiefer gehend, planvoll von rechts nach links.

Mit geschlossenen Augen ließ Till das Alles über sich ergehen. Er versuchte, besonders ruhig zu atmen und bemühte sich zugleich, Helges Handbewegungen zu deuten. Waren das flüchtige Berührungen, die nur ein praktisches Ziel verfolgten, oder versteckte sich in ihnen ein wortloses Zeichen? Trotz großer Konzentration auf jedes noch so kleine Signal seiner Haut fand er keine eindeutige Antwort.

«Fertig!», sagte Helge schließlich, genau in dem Moment, in dem seine Finger nur noch Millimeter von Tills heftig erigierten Brustwarzen entfernt waren.

Enttäuscht öffnete Till die Augen.

Zuerst sah der Junge nicht sich selbst, sondern nur das strahlende Gesicht seines Freundes, der wie das sprichwörtliche Honigkuchenpferd grinste. Erst dann fiel Tills Blick auf seinen eigenen Kopf.

Er war zum zweiten Mal enttäuscht.

Zwar fand er sich stark verändert – aber nicht so, wie er es erwartet hatte. Till sah nicht den jungen, selbstbewussten Mann, auf den er gehofft hatte, sondern er schaute in sein eigenes Kindergesicht. Schmal sah er aus und um Jahre jünger. Zwar war Helge offensichtlich anderer Meinung, denn der strich jetzt einmal leicht über Tills Stoppelkopf und sagte anerkennend: «Cool! Total cool!»

Till aber schwieg ratlos und wandte den Blick ab.

«Jetzt du», sagte er – mehr weil er von sich selbst ablenken wollte, als weil er sich auf den Rollenwechsel gefreut hätte.

Er säuberte rasch den Rasierer, wechselte mit Helge die Position vor dem Spiegel und begann seine Arbeit.

Erst nach und nach fand er Spaß an dem, was er tat. Zuerst konzentrierte er sich stark auf den Rasierer und dessen Bahn über Helges Kopf. Es war gar nicht so einfach, das Gerät gleichmäßig und präzise zu führen, damit wirklich alle Haare gleich kurz wurden. Nach einiger Unsicherheit aber hatte er das Gefühl zu wissen, worauf es ankam und welches Tempo das richtige war. Helges Nähe wurde ihm bewusst, und er begriff plötzlich auch, dass er seinen Freund, der die ganze Zeit die Augen geschlossen hielt, berühren konnte, wie er das noch nie zuvor getan hatte.

Mit zunehmender Freude probierte er aus, was möglich war.

Er hob Helges Kopf, indem er mit Daumen und Zeigefinger leicht gegen dessen Kinn drückte; er zog den Schädel zu sich und schob ihn auch wieder in die andere Richtung. Mit den Fingern einer Hand strich er immer wieder kurz über Helges bloße Schultern, seinen Nacken und die Ohren, um große Ansammlungen von Haaren zu vermeiden. Am besten aber war das Pusten: Till musste jedes Mal breit grinsen, wenn sein Atem die abgeschnittenen Stoppeln von Helges Haut aufjagte, sie in die Luft hob und fort trieb. In den schräg einfallenden Sonnenstrahlen sah man genau, wie sie tiefer und tiefer rieselten. Da die Hose so weit unten auf seinen Hüften hing, sammelte sich ein guter Teil der Haare auf den oberen Partien von Helges perfekt gekurvten Arschbacken und wohl auch in dem tiefen Spalt zwischen diesen Halbkugeln. Zwar juckte es Till in den Fingern, auch dort unten sauber zu machen – aber das ließ er dann doch lieber sein.

Der Blick in den Spiegel wurde zudem mit jeder Bahn, die der Rasierer hinter sich brachte, immer interessanter. Neues gab es zu entdecken: zwei Narben in Helges Kopfhaut, die bislang unsichtbar gewesen waren, eine kleine, recht tiefe, dicht über dem linken Ohr, und eine längere weiter oben, die als rötliche Linien den Haarwuchs unterbrachen. Aber das war nicht alles. Vor Tills erstaunten Augen entstand ein neuer Helge – ein großer Bruder des angehenden Abiturienten, den er bislang gekannt hatte. Anders als er selbst (fand Till) wirkte sein Freund mit dem rasierten Kopf älter, kantiger und sehr viel männlicher.

Der Kontrast zwischen den schwarzen Haaren und der sehr hellen Haut wurde noch auffälliger. Man sah nun auch die perfekte Form von Helges Augenbrauen, die wie millimetergenau abgezirkelte und absolut symmetrische schwarze Bögen am unteren Rand seiner glatten Stirn schwammen. Dazu sprang der leichte Bartschatten, der sich seit einiger Zeit, zu Tills großem Neid, nachmittags bei Helge auf Kinn und Wangen zeigte, jetzt viel stärker ins Auge. Am meisten aber profitierte seltsamerweise Helges Mund. Vielleicht hatten seine spektakulären Locken immer den Blick abgelenkt oder festgehalten; vielleicht lag es auch nur daran, dass Till seinem Freund noch nie aufmerksam ins Gesicht gesehen hatte, wenn dieser die Augen geschlossen hielt – jedenfalls bemerkte Till verblüfft, dass Helges Lippen nicht nur sehr fein geschwungen, sondern auch noch so voll und rot waren, wie man es sich nur wünschen konnte. Mit ihren symmetrisch geschwungenen Linien ähnelten sie der Silhouette eines Falters, der seine Flügel spreizt, um davon zu fliegen. Eigentlich passte das nicht zusammen: der männliche Schädel und dieser sinnlich einladende Mund. Auf Till aber wirkte gerade dieses Nebeneinander besonders aufregend.

Sorgfältig arbeitete er weiter und fühlte sich zunehmend

wie ein Künstler, der befriedigt sieht, wie sich sein Werk der Vollendung nähert und dabei immer besser und besser wird.

Allerdings war die Statue, die er schuf, lebendig: Sie atmete und schwitzte. Aufmerksam registrierte Till, wie stark Helges breite Brust sich hob und senkte, obwohl der Junge doch so still und scheinbar gelassen vor dem Spiegel stand. Ein dünner Schweißfilm überzog seine Haut wie durchsichtiger Lack, der die verschiedenen Farben – ihr natürliches Weiß, das Sommer-Braun und auch das Rot, das heute noch dazu gekommen war – zum Leuchten brachte.

Mühsam brachte Till seinen wandernden Blick wieder unter Kontrolle. Er konzentrierte sich erneut auf seine Aufgabe und auf die letzten Korrekturen an Helges Hinterkopf. Einen Moment später gab es keinen Grund mehr, den Rasierer weiter laufen zu lassen. Helges Haare waren perfekt kurz geschoren; die Kopfhaut, die bislang keine Sonne abgekommen hatte, schimmerte hell zwischen den millimeterkurzen dunklen Stoppeln. Till aber wartete noch und ließ die Maschine weiter laufen. Für eine halbe Minute wollte er frei schauen, genießen und bewundern – denn der neue Helge sah einfach umwerfend gut aus. Deshalb musste sein Freund die Augen noch geschlossen lassen, denn nur unbeobachtet und unkontrolliert traute sich Till, so genau hinzusehen, wie er es wollte.

«Was ist?», fragte Helge halblaut in irritiertem Ton.

«Gleich fertig!», antwortete Till hastig und fuhr ein, zwei Mal pro forma mit der Hand über Helges Kopf, um wenigstens so zu tun, als sei er wirklich noch nicht am Ende mit seiner Arbeit.

«Mach schon», sagte Helge und wandte sich dabei mit immer noch geschlossenen Augen halb zu Till, den er an seiner Seite fühlte.

Till erschrak, denn nun sah er Helges Gesicht direkt vor sich – und nicht mehr im Spiegel.

Obwohl sein Blick gerade eben erst so gründlich gewesen war, staunte er noch einmal ganz neu über die Verwandlung, die sich in den letzten Minuten vollzogen hatte: aus dem lockenköpfigen Jungen, der so weich und unschuldig wirkte, war ein viriler junger Mann geworden, der alles Kindliche hinter sich gelassen hatte. Tills Herz schlug so heftig, dass er meinte, den Puls in seiner Kehle zu fühlen.

‹Mach schon› – diese Worte klangen ihm in den Ohren, während er betroffen noch einmal auf Helges Mund starrte. Die Lippen standen ganz leicht offen. Der schmale Spalt dazwischen war dunkel und verlockend.

Impulsiv, wie von selbst, beugte sich Till vor und küsste seinen Freund direkt auf den Mund. Gleichzeitig verstummte das Brummen des Rasierers – scheinbar hatte er selbst das Gerät abgeschaltet.

Sekundenlang geschah kaum etwas.

Benommen spürte Till, wie seine trockenen Lippen an Helges Mund klebten. Der war auch jetzt nicht geschlossen und Till meinte zu spüren, wie sie plötzlich gemeinsam atmeten, weil jedes Mal ein sanfter, warmer Luftzug in seinen Körper fuhr, wenn Helge ausatmete.

Oder bildete er sich das nur ein?

Eine leichte Berührung machte seinen Kopf dann völlig leer: Etwas stieß gegen seine Zunge, ganz leicht nur und sehr vorsichtig, aber doch deutlich zu spüren. Feucht und warm war dieser kurze Kontakt – und Tills Herzschlag verdoppelte sich, als er verstand, dass es Helges Zunge war, die ihm da zögerlich und vorsichtig entgegen kam, so als sei sie sich noch nicht sicher, ob in dem Terrain, in das sie sich vorwagte, auch wirklich keine Gefahren lauer-

ten. Scheu wich Tills eigene Zunge etwas zurück, um den ängstlichen Gast auf keinen Fall zu erschrecken. Gleichzeitig aber hatte der Junge das Gefühl, er müsse sofort vor Enttäuschung sterben, wenn dieser impulsive Rückzug dem Kuss ein Ende machen sollte, der doch noch gar nicht richtig begonnen hatte. Außerdem: War die Berührung vielleicht nur aus Versehen, unabsichtlich geschehen? Zitternd und ängstlich bemüht, seinen aufgeregten Atem zu kontrollieren, wartete Till auf ein weiteres Zeichen und auf ein Ende seiner Furcht.

Das Zeichen kam - wenn auch diesmal nur ganz langsam.

Helge bewegte den Kopf. Er drehte ihn leicht zur Seite und öffnete dabei schließlich seine Lippen etwas weiter.

Ein Spalt war das nur, auch jetzt noch, und Till fragte sich noch einmal, ob sein Freund nicht in Wirklichkeit den Kopf wegdrehte.

Aber dann gab es plötzlich keinen Zweifel mehr.

Helges Zunge war unversehens wieder da. Nur fühlte sich das jetzt ganz anders an.

Selbstbewusst schob sie sich in Tills Mund, ohne jede Hast, aber doch fordernd und sehr bestimmt: Sie eroberte Tills Mund, nahm davon Besitz, umschmeichelte und lockte seine eigene Zunge, um sie dann doch auf einmal beiseite zu schieben, mit ihr zu streiten, um tiefer und tiefer vorzudringen wie ein Feldherr, der sich nahm, was ihm dank der Macht des Stärkeren gehörte.

Gleichzeitig war da Helges Hand an Tills Kopf: Sie hielt ihn fest, zog ihn nach vorn und drehte ihn auf die Seite. Wie von selbst öffnete sich auch Tills Mund bei dieser Bewegung immer weiter. Seine Zunge gewann größeren Bewegungsspielraum; sie wurde kühner, experimentierfreudiger - und unversehens war aus der ersten scheuen Berührung ein leidenschaftlicher, wilder Kuss geworden,

der Till in Sekundenschnelle um den Atem und fast auch um den Verstand brachte.

Ein paar Mal hatte er mit Mädchen geknutscht, teils, weil sich das in bestimmten Situationen - auf Partys oder auf Klassenreisen - nun einmal kaum vermeiden ließ, wenn man nicht der totale Freak sein wollte, teils, weil er selbst ausprobieren wollte, wie sich wohl ein richtiger Kuss anfühlte. Besonders aufregend war das nicht gewesen. Das hier hatte damit nichts zu tun. Es war völlig anders: berauschend, unendlich süß und so intensiv, dass Till spontan das Gefühl hatte, er könne damit immer weiter machen. Bei den Mädchen hatte er immer schon nach wenigen Minuten das Interesse verloren: Mit ihnen passierte nicht viel, weil sie sich einfach nur küssen ließen und kaum selbst aktiv wurden.

Dieser Kuss aber veränderte sich immer wieder und war in jeder Sekunde ganz neu, weil Till nie wusste, was Helge gerade vorhatte und gleich tun würde. Eben war der noch aggressiv und dominant gewesen, dann aber zog sich seine Zunge plötzlich zurück oder sie hielt willig still und überließ Till das Feld. In wenigen Augenblicken wechselten sie von einem harten Wettstreit, wessen Zunge tiefer in den Schlund des anderen passte und wer den Mund dabei noch weiter aufreißen konnte, zu einem sanften Einverständnis, das keine Konkurrenz kannte und sich einfach nur zärtlich anfühlte. Und zwischen diesen beiden Extremen gab es so unendlich viele Abstufungen und Variationen, dass die Sache niemals langweilig werden konnte.

Till jedenfalls wollte den Kuss nie mehr beenden - und wusste gleichzeitig doch, wie sehr er sich danach sehnte, auch noch ganz andere Dinge auszuprobieren.

Bei Helge sah es wohl nicht anders aus.

Ihre Körper fanden sich wie von selbst. Hüfte stieß an Hüfte, Erektion rieb an Erektion, die eine nackte und

schweißnasse Brust klebte an der anderen, vier Hände wanderten auf und ab - und dabei küssten sich die beiden Jungen immer weiter.

Von Helge gedrängt, wich Till langsam zurück, ohne doch den engen Körperkontakt zu unterbrechen. Nach ein paar Schritten spürte er kühle Steine an seinen Waden. Er stand vor der Badewanne, die - wie alles in diesem wohlhabenden Haushalt - üppig und luxuriös ausfiel. Verwirrt begriff Till, dass sein Freund ihn offensichtlich gezielt in diese Wanne steuerte. Seine Hände ruderten unsicher, bis sie hinter seinem Körper Halt fanden, und dann sank er, von Helge halb gehalten, halb gedrückt, tief nach unten. Einen Moment später lagen sie beide in der Wanne - Helge oben, Till unten - und Till war schon darauf und dran, den Kuss widerwillig doch zu unterbrechen, um zu fragen, ob ein Bett nicht bequemer sein würde.

Erst als er das Wasser auf seiner Haut spürte, verstand er Helges Plan.

Ein warmer, dichter Regen ging auf sie nieder, gleichmäßiger und sanfter, als ein echter Regen je sein konnte, und Till erinnerte sich, wie sein Freund ihm vor einiger Zeit begeistert von der neuen Dusche seiner Eltern erzählt hatte. ‹Die schüttet das Wasser ganz entspannt über dir aus›, hatte er gesagt. Damit hatte er nicht übertrieben. Till genoss die Wärme und konzentrierte sich darauf, nicht allzu viel Wasser in den Mund zu bekommen, während er Helge weiter mit großem Eifer küsste.

Kurz darauf standen sie beide nackt unter der Dusche. Ihre nass gewordenen Hosen lagen vor der Wanne. Till hielt Helges dicken und harten Schwanz in der einen Hand; die andere erforschte dessen glitschigen Körper. Helge tat das gleiche mit Till.

Bislang hatten sie sich ununterbrochen weiter geküsst, so

als sei dieser Kontakt die unentbehrliche Grundlage für alles, was sonst noch zwischen ihnen passierte. Jetzt aber zog Till seinen Kopf doch zurück. Er öffnete zum ersten Mal seit dem Moment, in dem er den Rasierer abgestellt hatte, wieder die Augen. Sein Schwanz zuckte begeistert in Helges fest geschlossener Hand, als er sah, wie das Wasser in vielen verschiedenen Strömen und Bächen über dessen schlanken Körper nach unten glitt.

Auch Helge sah ihn kurz an. Beide grinsten breit. Dann lehnte sich Helge an die Wand. Er schloss die Augen und schob den Unterkörper leicht nach vorn, so dass sein perfekt geradeaus weisender harter Schwanz noch näher an Till heranrückte - und der begriff intuitiv, was gemeint war.

Langsam sank Till auf die Knie, behielt dabei aber das Gesicht seines Freundes die ganze Zeit genau im Blick. Wasser lief ihm in die Augen und auch in den halboffenen Mund, aber das machte nichts. Er wollte sehen, ganz genau sehen, wie sich dieses Gesicht gleich, exakt in dem Moment, in der Sekunde, verändern würde, in dem er Helges Schwanz zum ersten Mal in den Mund nahm.

Erst jetzt, kurz vor diesem entscheidenden Augenblick, nahm Till richtig wahr, was er bisher zwar wortwörtlich gefühlt, aber doch noch nicht so ganz verstanden hatte: Sein Freund hatte einen imposanten Schwanz, der ohne jede Krümmung und mit ganz gleichbleibendem Umfang wie ein solider Speer bestimmt an die zwanzig Zentimeter oder auch mehr nach vorn strebte, um dann noch von einer weit ausladenden, rot glänzenden Kuppe prachtvoll gekrönt zu werden. Unter dem Wasserschwall, der Helges ganzen Körper in immer wieder neu entstehenden Mustern überzog, leuchtete dieser dicke Riemen so einladend und aufregend, dass Till plötzlich nur noch einen einzigen Gedanken kannte:

Dieses Ding musste – wie und wo auch immer – sofort, jetzt und hier, so tief in ihn hinein, wie es nur ging!

In seiner Bewunderung vergaß er fast den Blick nach oben, der ihm eben noch so wichtig gewesen war. Erst in letzter Sekunde, als seine Lippen schon so nah an Helges Schwanzspitze dran waren und sein Mund auch schon so weit offen stand, dass Wasser von dort direkt auf seine Zunge floss, erst in dieser Sekunde erinnerte er sich dann doch noch. Er riss die Augen weit auf, beugte sich leicht vor, schloss die Lippen – und sah so tatsächlich, wie Helge in der gleichen Sekunde den Mund öffnete und die Augenbrauen weit nach oben zog. Trotz des laut prasselnden Wassers meinte er den tiefen Seufzer zu hören, der zu diesem Gesichtsausdruck gehören musste.

Sein eigener Schwanz zuckte begeistert, ohne dass er ihn berührte, und dieses Zucken wiederholte sich gleich darauf mit noch größerer Intensität, als Helge plötzlich die Augen öffnete und ihn von oben herab direkt ansah.

Dieser Blick traf Till wie ein Schock, wie ein Stromschlag, der seinen ganzen Körper in höchste Spannung versetzte, und Helge schien es nicht anders zu gehen, denn sie kamen beide in exakt der gleichen Sekunde, ohne jede weitere Verzögerung oder Bewegung, ganz wie von selbst und genau in diesem Moment, der sich dadurch zu einer kleinen Ewigkeit ausdehnte. Erstarrt, überrascht, wie ohne eigenen Willen, ließen die beiden Jungen das geschehen, was sie sich selbst gerade eben noch gar nicht vorgestellt hatten.

Wie gebannt hingen ihre Augen aneinander, während Till trotz des dichten Nebels in seinem Kopf fühlte, wie sich sein Mund in Sekundenschnelle so stark mit Helges warmen Sperma füllte, dass er wie von selbst zu schlucken begann – und jedes Mal, wenn sein Adamsapfel dabei kurz nach oben kam, antwortete sein eigener Schwanz, in dem er zuckend eine starke Fontäne nach oben jagte, ganz so,

als gäbe es hier eine direkte Verbindung, in der ein- und dieselbe Flüssigkeit sekundenschnell durch ihn hindurch wandere. Zwar tropfte das warme Wasser der Dusche immer noch dicht und regelmäßig auf ihn nieder, aber Till spürte dennoch, wie sein eigener Saft beim ersten Stoß bis hinauf an sein Kinn schoss, um sich bei den weiteren Explosionen dann nach und nach auf seiner ganzen Brust und seinem Bauch zu verteilen.

Helge schien das zu sehen und zu beobachten, denn er beugte sich plötzlich nach vorn und griff mit beiden Händen unter Tills Achseln. Er zog ihn nach oben und begann gleichzeitig, sehr eilig, aber doch gründlich und systematisch, mit seiner Zunge alles das von Tills Sperma aufzulecken, was er noch zu fassen bekam. Till stöhnte begeistert. Er sah genau hin und begann zu wichsen, obwohl sein Orgasmus eigentlich noch gar nicht richtig ans Ende gekommen war.

Dann fanden sich ihre Lippen und sie tauschten Spucke, Sperma und Wasser mit weitaufgerissenen Mündern. Auch Helge wichste jetzt – und so kamen sie beide wenig später zum zweiten Mal, diesmal nicht mehr ganz so perfekt synchron, aber doch immer noch fast im gleichen Moment und mit gleicher Intensität.

Keuchend hielten sie einander unter der immer noch rauschenden Dusche aufrecht, bis ihr wilder Kuss nach und nach sanfter wurde. Dabei suchten und fanden sie beide mit den Händen immer wieder den geschorenen Kopf des anderen, so als müssten sie überprüfen, ob sie ihre Sache als Friseur auch ordentlich gemacht hatten.

Helge als der «Hausherr» stellte schließlich die Dusche ab. Wortlos stieg er aus der Wanne und griff nach einem Handtuch.

Till sah ihm zu und wartete. Staunend hing sein Blick an

den perfekt gerundeten Arschbacken seines Freundes, die hell wie weißer Marmor leuchteten, weil sie noch keine direkte Sonne abgekommen hatten.

Schließlich war Helges Kopf wieder zu sehen.

Ihre Blicke trafen sich und beide schwiegen einen Moment. Till fehlten die Worte.

Helges Grinsen kam für ihn überraschend. Noch überraschender waren nur dessen erste Worte.

«Oh Mann», sagte der nämlich, während er fast gleichzeitig begann, nun auch den Rest seines Körpers abzutrocknen, «und ich dachte schon, das wird niemals passieren!»

Till war erst verblüfft, dann fast verärgert.

‹Wem ist das hier denn zu verdanken›, wollte er sagen – aber dann schwieg er doch lieber.

Eine neue Idee regte sich in seinem Kopf und so hatte er den Rasierapparat schon wieder in der Hand, als sich Helge mit nun ganz trockenem Körper wieder zu seiner vollen Länge aufrichtete.

«Wenn schon, denn schon», sagte Till und griff dabei gelassen nach Helges entspannt nach unten hängendem Schwanz, während er selbst aus der Badewanne kletterte. Er warf die Maschine an und setzte sie auf die weiße Haut seines Freundes, ganz kurz über der Stelle, wo der Kreis von dunklen Schamhaaren endete.

Gleichzeitig ging er erneut in die Knie.

Während der Rasierer die ersten Locken von Helges nicht allzu üppigem Busch entfernte, nahm Till Helges Schwanz wieder in Mund.

Erfreut spürte er, wie überaus rasch und willig der Riemen noch einmal zu seinen eindrucksvollen Dimensionen heranwuchs, während von den Schamhaaren seines Freundes nach und nach nur millimeterkurze Stoppeln übrig blieben.

Der noch nicht realisierte Plan, diesen Schwanz heute

noch mindestens einmal vollständig in sich aufnehmen, war wieder da.

Helge machte die Beine breit und schob die Hüften weiter nach vorn. Sein Schwanz war schon wieder ganz steif. «Mann, bist du heute krass drauf», sagte er. «Du machst dich! Nur weiter so!!»

Till grinste – so gut man grinsen kann, wenn man versucht, einen übergroßen Schwanzkopf möglichst variantenreich mit der Zunge zu umkreisen und gleichzeitig dabei auch noch den Schritt des Mannes zu rasieren, dem dieser Riemen gehörte. Haare rieselten nach unten. Sie kitzelten Tills Oberschenkel und seinen Schwanz, der sich unter dieser leichten Berührung immer weiter hob und streckte, bis er straff nach vorne wies.

Zitternd vor Aufregung gab Till den Schwanz seines Freundes wieder frei. Er betrachtete sein Werk. Mit rasiertem Schritt sah Helges Riemen noch größer und noch mächtiger aus als ohnehin schon.

Der Impuls, auf den Knien zu bleiben und sich ganz diesem Schwanz zu widmen, war stark.

Aber die Neugier setzte sich doch durch.

«Jetzt du», sagte Till und sprang auf.

Der Rasierer wechselte von Hand zu Hand. Ohne groß zu zögern, sank Helge auf den Boden.

Er griff Tills Schwanz mit der einen Hand, legte den leuchtend roten Schwanzkopf frei und begann, mit weit ausgestreckter Zunge und viel Spucke daran zu lecken. Sein Blick fixierte Tills Augen. Dann setzte er den Rasierer an und schloss gleichzeitig die Lippen um die Schwanzspitze, die sich ihm provokativ entgegen schob.

Till war überwältigt. Den Schwanz geleckt zu bekommen, war genauso geil oder vielleicht sogar noch geiler, wie selbst einen harten Riemen zu blasen.

Er war gespannt, ob sein Schwanz gleich auch viel größer

aussehen würde als vorher. Dann stellte er sich das Hallo vor, dass es geben musste, wenn er selbst und Helge demnächst beide totalrasiert vor der Sportstunde in der Umkleide standen. Dieser Gedanke schoss blitzschnell von Gehirn direkt in die Eier – und er machte ihn so geil, dass sein dritter Orgasmus genauso plötzlich und unerwartet kam wie die beiden ersten.

Helge nahm es wie ein Mann. Eine Sekunde hielt er überrascht still, aber dann wurde er sehr aktiv. Der Rasierer landete, immer noch brummend, auf dem Boden. Beide Hände griffen nach Tills Hüften. Sie zogen ihn nach vorn; sein Schwanz wanderte tiefer in Helges Rachen und dann noch etwas tiefer, während der begeistert leckte, saugte und schluckte. Till half selbst noch etwas nach: Er griff nach Helges Kopf, spürte die kratzenden Stoppeln an den Handflächen, und zog den knochigen Schädel langsam, aber sehr bestimmt näher zu sich heran. Plötzlich steckte sein Schwanz, der immer noch ganz steif war und immer noch Sperma aus sich herausschoss, ganz und gar in Helges Schlund.

Beide stöhnten tief in der Kehle und Till beugte sich spontan nach unten. Er küsste Helges Hinterkopf, leckte an dessen Nacken und an den Ohren; der hielt Tills Hüften eisern fest und versuchte immer noch mehr von dem Schwanz, der eigentlich schon ganz und gar in seinem Schlund steckte, in sich selbst hinein zu ziehen. Sein Mund arbeitete auf Hochtouren, gierig und fordernd. Für einen Moment schienen sie zu verschmelzen, ein Körper zu werden.

Vielleicht, dachte Till, vielleicht war es das, was sie zueinander gezogen hatte: der gleiche Hunger.

Abrupt stieß Helge ihn zurück. Till erschrak und dachte, er habe irgendetwas falsch gemacht. Aber Helge hatte ein ganz anderes Problem.

«Bin noch nicht fertig», murmelte er und setzte die Rasur in Tills Schritt dort fort, wo er sie eben unterbrochen hatte.

Till lachte und beobachtete von oben, wie nun auch noch der letzte Rest seiner Schamhaare abrasiert wurde. Und er sah weiter unten Helges Schwanz, der stolz und hart, nur ein paar Zentimeter über dem Fußboden, zwischen dessen weit geöffneten Beinen schwebte und sich trotz seines Gewichts und trotz seiner Masse ganz aus eigener Kraft trug. Im schräg einfallenden Licht der Sonne warf der Riemen einen enormen Schatten, der ihn noch größer wirken ließ.

Unwillkürlich leckte sich Till die Lippen.

Ja, Hunger, das war das richtige Wort, für das, was er fühlte. Und dieser Hunger kannte vielleicht gar kein Sattsein – was die Sache noch besser machte.

Der Rasierer verstummte. Helge fuhr ein paar Mal mit den Fingern über Tills kaum noch sichtbare Scham; dann pustete er die letzten Haarstoppeln fort. Sein warmer Atem brachte wieder Leben in Tills mittlerweile doch halb schlaff gewordenen Schwanz.

«Umdrehen!», sagte Helge, ohne sich zu rühren oder auch nur den Blick zu heben.

Tills Herz machte einen Sprung und sein Schwanz zuckte.

«Was?», brummte er ungläubig.

«Umdrehen!», wiederholte Helge im gleichen Ton. «Wenn schon, denn schon – wer hat das gesagt?»

«Mann, Alter, wer ist hier krass drauf?», krächzte Till.

Aber natürlich gehorchte er. Er drehte sich nicht nur um und machte die Beine breit – nein, er griff auch mit beiden Händen nach hinten und zog die Arschbacken so weit auseinander, wie es ging.

Das Brummen des Rasierers begann erneut.

Die Metallschienen drückten gegen seine Haut; der Scherkopf schabte knapp daran vorbei.

Ein Zittern lief durch den ganzen Körper des Jungen. Sein Blick hing unverwandt an Helges mächtigem Schwanz, an dessen Spitze es schon feucht glänzte.

Da war er wieder, dieser Hunger.

Der Appetit kommt beim Essen – sagte man das nicht so? Wie wahr, dachte Till, und schloss die Augen.

Er war bereit für den nächsten Gang.

Nichts los – es war einfach nichts los.

Philipp seufzte leise. Sein Blick wanderte suchend noch einmal über den ganzen Parkplatz, aber der lag immer noch verlassen und leer in der brütend heißen Sonne. Hinter den Bäumen rauschte gleichmütig der Verkehr auf der Autobahn. Zu allem Überfluss zog von Süden auch noch ein Gewitter auf. Dunkle Wolken stauten sich und wuchsen immer höher. Sein Verstand sagte Philipp, es sei wohl das Beste, jetzt sofort auf den Roller zu steigen und nach Hause zu fahren, aber die Geilheit hielt ihn fest.

Es war wirklich nicht so einfach, auf dem Dorf schwul zu sein. Die Klappe hier auf dem Rastplatz und die dichten Büsche hinter dem WC-Häuschen boten weit und breit die einzige Möglichkeit, es mal eben auf die Schnelle mit einem Kerl zu treiben und abzuspritzen. Warum nur war dann das Angebot an Männern so unzuverlässig? Philipp fragte sich nicht zum ersten Mal, ob er das Prinzip nicht verstand, nach dem dieser Treffpunkt funktionierte. Oder war es einfach purer Zufall, wie viele geile oder auch notgeile Männer ihre Autobahnfahrt hier kurz mal unterbrachen?

Der Junge unterdrückte den Fluch, der ihm auf der Zunge lag. Gerade heute hatte er Zeit. Die Eltern waren für zwei Tage nicht da; er konnte kommen und gehen, wie es ihm gefiel. Insgeheim hatte er sogar überlegt, vielleicht zum ersten Mal einen Typen mit nach Hause zu nehmen …

Es fehlte nur ein Angebot. Irgendein Angebot.

Philipp seufzte und sah sich noch einmal um. Aber er war allein, ganz allein.

Oder etwa doch nicht?

Mit gerunzelter Stirn starrte der Junge von seiner Bank am Rand des Parkplatzes in die dunklen Schatten hinter dem WC-Häuschen. Dort ging es auf verschiedenen Trampelpfaden hinunter in die Büsche, hinter denen der schwarze Tannenwald aufstieg. Philipp sah einen hellen Fleck, der sich bewegte. Wie ein weißes T-Shirt sah das aus. Aber dieser Fleck schwebte in der Luft. Zu dem Hemd gab es zwar offensichtlich auch eine kurze, etwas weniger helle Hose – aber keine Beine und auch keinen Kopf. ‹Geil›, dachte Philipp, ‹Sex mit einem Gespenst, das hätte doch was!›

Der leuchtend weiße Fleck bewegte sich zögernd, ohne klare Richtung. Plötzlich aber hielt er inne. In der Ferne rollte der erste Donner. Für einen Moment vergaß der Junge zu atmen – und musste doch gleich über sich selbst lachen.

Er richtete sich auf und erwiderte, ohne wirklich etwas zu sehen, über die Entfernung hin den Blick, der ihn aus der Dunkelheit heraus fixierte. Langsam setzte sich das T-Shirt ohne Kopf und Arme wieder in Bewegung. Es kam näher.

Zunächst blieb das Bild unverändert rätselhaft. Dann fielen erste flimmernde Sonnenflecken auf die Gestalt, die dort aus den Büschen hervorkam. Philipp beobachtete sie mit starrem Blick; was er sah, begriff er aber erst, als die Figur schließlich voll in die Sonne trat.

Ein schwarzer Mann trug das weiße T-Shirt und die grauen Sportshorts – nein, ein schwarzer, sehr hoch gewachsener Junge war es, der da betont lässig und scheinbar ziellos auf Philipp zu schlenderte. Seine Haut und seine Haare waren so dunkel, dass sie mit jedem lichtlosen Hintergrund ununterscheidbar verschmelzen mussten.

Philipp grinste und schämte sich fast etwas über sein kurzes Erschrecken. Der Junge kam bestimmt aus dem Stützpunkt der amerikanischen Armee, der in ein paar Kilometern Entfernung auf der anderen Seite der Autobahn lag. Eigentlich war er recht nah – und gehörte doch zu einer anderen Welt. In Philipps Dorf sah man nichts von den vielen hundert Amerikanern, die dort lebten; man hörte nur den Lärm ihrer Flugzeuge. Auch keiner der Männer, mit denen Philipp es in den letzten Monaten hier auf dem Parkplatz oder in den Büschen getrieben hatte, kam, so weit er das sagen konnte, aus dem Stützpunkt.

Aber erstens waren das nun auch nicht gerade sehr viele gewesen und zweitens gab es ja für Alles ein erstes Mal.

Der Junge jedenfalls gefiel Philipp. Er war groß, schlank und sehr sportlich. Seine langen Beine, die in den kurzen Shorts steckten, wirkten sogar ausgesprochen muskulös. Und das Lächeln, mit dem er, immer noch aus einiger Entfernung, auf Philipps Grinsen antwortete, war breit und freundlich. Den plötzlich aufkommenden Zweifel, ob sein Schul-Englisch für ein Gespräch mit einem Fremden wohl gut genug sein würde, schob Philipp rasch beiseite.

Er hatte seine Entscheidung getroffen. Auch das zweite Donnergrollen, das in diesem Moment aus den immer noch weiter wachsenden dunklen Wolken über das Tal jagte, bestärkte ihn: Der hier sollte es sein. Wenn er denn wollte …

Die ersten Worte waren einfacher als gedacht.

«Hi there, I'm Eugene», sagte der farbige Junge, als er dicht vor Philipp halt machte. Wenn er sprach (mit den in die Breite gezogenen Tönen der Amerikaner), blitzten blendend weiße Zähne zwischen dunklen Lippen, die sogar noch etwas schwärzer waren als der Rest seines schmalen Gesichts.

Überrascht sah Philipp, wie jung der Amerikaner war.

Auch seine Stimme klang so. 16 oder 17 mochte er sein – mit seinen fast 19 kam sich Philipp plötzlich sehr erwachsen vor. Er nannte seinen eigenen Namen und wies einladend auf den Platz neben sich. «Come and join me» – diese Redewendung schien ihm zu passen.

Eugene setzte sich. Beide lächelten verlegen, während sie sich vorsichtig aus den Augenwinkeln beobachteten. In der Ferne donnerte es erneut. Philipp suchte vergeblich nach Worten. Mist – was war noch mal das Wort für ‹Gewitter›? Es fiel ihm partout nicht ein.

«Are you from the air-base?», stammelte er schließlich und ärgerte sich dabei heftig über seine mangelnde Souveränität.

Der farbige Junge nickte stumm. Dann leckte er sich nervös die Lippen. Fasziniert starrte Philipp auf die Zungenspitze, die er für einen kurzen Moment sah. Sie schimmerte feucht und war so hellrosa, dass sie fast zu einem anderen Lebewesen zu gehören schien.

«So your Dad is a soldier?», fragte Philipp mühsam weiter.

Eugene grinste wieder breit, schüttelte gleichzeitig aber den Kopf.

«No», sagte er kurz angebunden. «My Mom is. She's an officer.»

Philipp lachte spontan, weil er an seine eigene Mutter, an ihre Seidenschals und an die geblümten Gartenhandschuhe denken musste, die sie selbst dann anzog, wenn es nur darum ging, eine einzige verwelkte Rose abzuschneiden. Eine Mutter, die Uniform trug, Männer herumkommandierte und Befehle brüllte – das war witzig. Er sah, dass Eugene irritiert die Stirn runzelte, verzichtete aber auf den Versuch, sein Lachen zu erklären. Zwar galt er in seinem Kurs als der Englisch-Crack, aber im Moment hatte er das Gefühl, dass in seinem Kopf irgendein Knoten saß. Die Worte wollten einfach nicht kommen.

Schweigen folgte; Unentschlossenheit hing zwischen ihnen.

Eugene kratzte sich am Arm. Erstaunt und fast etwas beschämt registrierte Philipp, wie wenig er sich bislang für Menschen anderer Hautfarbe interessiert hatte. Zwar gab es in seiner Schule mindestens eine Putzfrau, die aus Afrika stammen musste, und auch in der Kantine sah man gelegentlich einen hoch aufgeschossenen Mann mit dunkler Haut, der Teller und Töpfe spülte. Philipp hatte sie kaum beachtet.

Jetzt wanderten seine Augen zum ersten Mal aufmerksam über den Körper eines Farbigen. Eugenes Haut an Armen und Beinen kam ihm makellos und perfekt vor: Sie war völlig haarlos, sehr glatt und überall ohne Unterschied gleichmäßig schwarz. Seine eigene Haut, auf der stellenweise viele Sommersprossen saßen und die von der Sonne so leicht verbrannt wurde, erschien ihm im Vergleich plötzlich fast hässlich und unangenehm. Er staunte auch über das deutlich sichtbare Spiel der Muskeln unter dieser dunklen Haut, das sich bei jeder Bewegung des Jungen zeigte. Philipps Körper war längst nicht so drahtig. Das Schwarz, das auf geheimnisvolle Weise den Sonnenschein zu verschlucken schien, verschwand nur auf den Handflächen des jungen Amerikaners: Sie waren fast ohne jeden Übergang beinah so hell wie Philipps eigene Hände. Allein das Netz der Handlinien zeigte die dunkle Färbung der übrigen Haut.

In Philipps Fingern zuckte es. Am liebsten hätte er sie sanft und vorsichtig über diese fremde, aber faszinierend schöne Haut gleiten lassen. Er wollte wissen, wie sie sich anfühlte – und er wollte erkunden, wie sie schmeckte. Sein wacher, forschender Blick blieb an Eugenes Ohr hängen. Klein war es, schön geformt und so appetitlich dunkel, als sei es aus schwarzer Schokolade gemacht. Philipp schluck-

te und musste stark an sich halten, um sich nicht vorzubeugen und einfach in diese aufreizende Ohrmuschel zu beißen.

Mühsam brachte er seine Gedanken wieder unter Kontrolle. Er musste irgendetwas tun, und das auch noch sofort, wenn er diesen Jungen in sein Bett bringen wollte.

Das heranziehende Gewitter kam ihm zur Hilfe. Es donnerte erneut; eine warme Bö trieb trockene Blätter und eine Sandwolke über den leeren Parkplatz. Eugene wandte den Kopf in Richtung auf die drohenden Wolken und murmelte, mehr zu sich selbst als zu Philipp: «A storm is coming up. I should be going.»

Ihre Blicke verhakten sich.

In Eugenes dunklem Gesicht und in seinen Augen las Philipp Furcht, ja geradezu eine Panik, die er nicht verstand. Hatte der Junge einfach nur Angst vor dem Gewitter oder ging es hier um etwas anderes? Die Antwort auf diese Frage fand er nicht. Aber der Knoten in seinem Kopf platzte. Plötzlich kamen die Worte wie von selbst.

«Would you like to come to my place? My parents are not at home today. We could hang out together.»

«Awesome, man! That sounds great!» Eugene lächelte wieder sein breites, blendend weißes Lächeln, aber in seinen Augen sah Philipp immer noch Nervosität.

«Come on», sagte er und stand auf, «my bike is over there.»

Auf der Vespa (die Eugene «totally cool» fand) musste er den schwarzen Jungen erst zweimal ermahnen, sich richtig an ihm festzuhalten, bevor sich Eugenes lange Arme wirklich eng um seinen Oberkörper schlossen.

Philipp gab Gas und sie brausten davon.

Die Luft schien elektrisch aufgeladen. Die feinen Härchen auf Philipps Unterarmen stellten sich auf, als würden

sie von einem Magneten angezogen; die Wärme des Körpers hinter ihm und der Druck von Eugenes starken Schenkeln an seinen Beinen fühlten sich einfach nur großartig an. Philipp hatte das Gefühl, heute sei sein Tag.

Doch was war das? Am Straßenrand unter den Pappeln, die sich im immer mehr auffrischenden Wind schon stark bogen, lief ein Junge in Richtung auf das Dorf. Erst war sich Philipp nicht sicher, ob er ihn kannte. Beim Näherkommen aber bemerkte er die blonden Haare. So hell war im Dorf nur der Schopf von Mike. Er und seine Familie gehörten zu den ‹alten› Einwohnern, die bewusst Abstand hielten zu den neu zugezogenen Leuten aus der Stadt wie Philipp und seinen Eltern. So wusste Philipp trotz der Nachbarschaft kaum etwas über ihn und sie hatten bisher – trotz einiger neugieriger Blicke, die nicht ganz so alltäglich ausfielen – außer einem flüchtigen ‹Hallo› kein Wort miteinander gesprochen.

Als sie ihn erreichten, hielt Philipp an – gar nicht so sehr, weil sich Mike zu ihnen umdrehte und die Hand hob, als er den Roller hörte, sondern eher weil Philipps Mutter immer sagte, wer sich wie ein hochnäsiger Städter verhalte, der könne auch nicht erwarten, von den Nachbarn akzeptiert zu werden. Ihr sei es wichtig, gut mit den Leuten auszukommen: ‹Die brauchen eben etwas länger hier auf dem Land …›.

Das Bremsmanöver ging beinah schief. Philipp hatte seine Geschwindigkeit unterschätzt und Eugene wurde auf dem Rücksitz plötzlich so unruhig, dass die Maschine wegrutschte und sie beide fast auf der Straße landeten.

Mike sprang zur Seite; Eugene quietschte – und lachte dann unvermittelt sehr laut und aufgeregt, als klar war, dass alles noch einmal gut gegangen war.

Philipp checkte seinen Roller. Als er schließlich von der Maschine aufsah, blieben die Worte im Halse stecken.

Verblüfft sah er, dass keiner der beiden Anderen ihn beachtete: Mike und Eugene starrten einander an, als könnten sie nie mehr den Blick voneinander lösen. ‹Was geht hier denn ab?›, dachte Philipp und fühlte fast so etwas wie Wut in sich aufsteigen.

Er schien als Beobachter in eine ziemlich kitschige Filmszene geraten zu sein. Die letzten Strahlen der Sonne, die gleich hinter den Wolken verschwinden musste, ließen alle Farben vor dem dunklen Himmel stark aufleuchten - und das gab dem Kontrast zwischen den beiden Jungen etwas Dramatisches: rabenschwarze Haut, dunkle Augen und ganz kurze, ebenfalls tiefschwarze Haare auf der einen Seite; auf der anderen dagegen leuchtend blaue Pupillen, flachsblonde Haare (an den Seiten und hinten kurz, oben am Kopf in üppigen, dicken Strähnen, die sich jetzt im Wind bewegten) und eine Haut, auf die nur die Formulierung «so weiß wie Schnee» passte. Und Mikes Lippen waren tatsächlich «so rot wie Blut». Zum ersten Mal bemerkte Philipp, dass selbst Mikes Augenbrauen blond waren und sich kaum von seinem hellen Gesicht abhoben. Unterschiedlicher als diese beiden konnten zwei junge Männer wohl kaum aussehen. Er selbst stand mit brauen Haaren und Augen irgendwo zwischen diesen Extremen und war damit wohl logischerweise nicht so interessant. Das konnte er schon verstehen - aber die Tatsache, plötzlich völlig unsichtbar geworden zu sein, gefiel ihm trotzdem nicht.

Er runzelte böse die Stirn und räusperte sich lautstark. Mike erwachte aus seiner Erstarrung, schaute kurz zu Philipp - und wurde rot. Dann wanderten seine Augen gleich wieder zurück zu dem jungen Farbigen.

In den Wolken donnerte es lautstark. Eugene suchte Blickkontakt mit Philipp und lächelte zaghaft. «Should we go?», sagte er, rührte sich aber nicht vom Fleck. Mike glotz-

te immer noch gierig wie ein Kalb, das hinter dem Zaun besonders saftiges Gras entdeckt hat.

Der erste Blitz schoss über den Himmel – und Philipp traf eine Entscheidung, die ihn für eine Sekunde selbst überraschte. «Aufsteigen», sagte er mit einer knappen Kopfbewegung zu Mike und kam sich dabei gleich zum zweiten Mal an diesem Nachmittag sehr erwachsen vor. «Wir nehmen dich mit zu mir. Das da ist übrigens Eugene. Er kommt aus dem Stützpunkt.»

Als er den Fahrtwind wieder spürte, musste Philipp grinsen. Vielleicht war dies heute ja doch sein Tag. Nur eben anders – und vielleicht ja sogar noch besser – als gerade eben noch gedacht. An seinem Rücken spürte er, wie die großen Hände von Mike (der als letzter Fahrgast ganz hinten saß) etappenweise, aber doch ziemlich zielstrebig von Eugenes Bauch immer weiter nach unten rutschten, in Richtung auf dessen Schritt. Den jungen Amerikaner störte das offensichtlich überhaupt nicht. Er beugte sich aber weiter nach vorn und flüsterte mit heißem Atem direkt in Philipps Ohr: «Hurry up, man! I don't wanna get wet.»

Der Regen kam in der gleichen Sekunde. Er fiel so dicht und stark, dass Philipp schon nach kurzer Zeit das Wasser in den Schuhen stand. Hemd und Hose waren eh pitschnass. Er nahm den Weg hinter dem Haus und steuerte den Roller direkt vor die Tür der Waschküche, in der sich Schmutz und Feuchtigkeit spurlos beseitigen ließen.

Drinnen war es warm und trocken. Die Hitze der letzten Tage hing immer noch unter der niedrigen Decke. Philipp begann sofort sich auszuziehen und war im Nu nackt, während die beiden anderen Jungen noch unentschlossen an der Tür herum standen. Selbstbewusst richtete er sich auf und stand einen Moment lang ganz ruhig. Zwei Augenpaare hingen hungrig an seiner nass glänzenden Haut.

«Zieht euch aus», kommandierte Philipp. «Ich hol Handtücher.» Die Übersetzung sparte er sich – Eugene würde schon begreifen, worum es ging.

Er ließ sich Zeit und trocknete sich gründlich selbst ab, bevor er auf nackten Sohlen, mit zwei großen Frotteetüchern in der Hand, wieder die Treppe herunter lief. Die Tür öffnete er leise und vorsichtig, aber das wäre gar nicht nötig gewesen, denn Eugene und Mike waren – genau wie er es erwartet hatte – so intensiv miteinander beschäftigt, dass es schon eine richtig rabiate Störung gebraucht hätte, um sie wieder auseinander zu bringen.

Ihre Schuhe und Klamotten lagen als nasser Haufen auf dem Boden. Die beiden nackten Jungen, die direkt unter der einzigen, tief hängenden Lampe des Raums standen, hielten sich eng umklammert; ihre Hände glitten ruhelos auf dem Körper des anderen auf und ab. Noch stärker als zuvor staunte Philipp über den Farbkontrast zwischen Weiß und Schwarz, der durch das direkt von oben kommende warme Licht der Lampe betont wurde. Mikes Körper strahlte unter dieser Beleuchtung so hell und warm, als käme das Licht von innen; Eugenes Haut aber wirkte noch dunkler, samtartiger und perfekter. Mikes breite, starke Hand griff gerade kraftvoll in die pralle Arschbacke des Amerikaners, die selbst unter diesem Druck kaum nachgab. ‹Porno live daheim›, dachte Philipp und riss beide Augen weit auf, um auf keinen Fall irgendetwas zu verpassen. Eugenes rosa Zunge, die ihn vorhin so fasziniert hatte, steckte im Moment offensichtlich sehr tief in Mikes Rachen, denn die beiden küssten sich wild mit weit aufgerissenen Mündern, und der Farbige, der etwas größer war, drückte dabei Mikes Kopf ziemlich weit nach hinten. Ihre Hüften waren dicht aneinander gedrückt, aber man sah doch die letzten Zentimeter von Eugenes Schwanz, der etwas zur Seite gerutscht war und wie eine Speerspitze in den Raum

ragte. Die Worte «schwarz wie Ebenholz», schossen Philipp durch den Kopf und er fühlte ein erwartungsvolles Kratzen tief unten in seinem Hals.

Vorsichtig trat er näher. Vor dem Fenster rauschte der Regen, aber er hörte jetzt doch deutlich, wie Mike keuchte und ächzte, während Eugene von Zeit und Zeit ein leises Wimmern hören ließ. Die beiden Jungen hielten bei ihrem Kuss die Augen fest geschlossen. Philipp betrachtete sie ruhig und genoss das Gefühl, wie sein Schwanz langsam, aber unaufhaltsam, immer dicker, härter und steifer wurde, bis er schließlich in seiner ganzen Länge stolz nach oben ragte.

«Hi, guys», sagte er schließlich leise und trat dabei ganz dicht an die beiden heran.

Eugene löste sich rasch aus Mikes Umarmung. Er grinste und fuhr sich mit der Zunge, die jetzt noch heller leuchte und auch noch viel feuchter zu sein schien als vorhin schon, langsam, spielerisch und einladend über seine dunklen Lippen.

Mike schien weniger erfreut zu sein, aber das war Philipp egal. Er beugte sich vor und küsste Eugene mit offenem Mund.

Die nächsten Minuten hatte Philipp Schwierigkeiten, die Sinneseindrücke zu sortieren, die alle gleichzeitig in seinem Kopf ankamen. Da war Eugenes starke und sehr agile Zunge, die versuchte, seinen Mund zu erobern und dabei leidenschaftlich mit seiner eigenen Zunge stritt. Hinzu kam ein ungewohnter Geruch, der in seine Nase drang. Exotisch und leicht scharf roch das – offensichtlich war das der Schweiß, der sich mit jeder Sekunde, die ihr Kuss dauerte, immer stärker auf der Haut des Farbigen bildete. Da war daneben auch das Gefühl in seinen Fingerkuppen, während er mit den Händen Eugenes schlanken, drahtigen Körper erforschte. Sehr glatt und weich, wie poliert,

war diese Haut; man spürte jeden einzelnen Muskel unter ihr. Oben am Kopf stieß Philipps Hand aber plötzlich auf kleine Knäuel von überraschend drahtartigen Haaren, die unter der Berührung kaum nachgaben. Gleichzeitig fühlte er, wie Eugenes harter Schwanz eine tiefe Delle in seinen Bauch drückte, und wie sein eigener Schwanz auf dies Alles reagierte, indem er pochte, zuckte, und großzügig immer mehr Vorsaft von sich gab, der sowohl seinen eigenen Bauch als auch Eugenes Unterkörper feucht überzog. Und schließlich war da noch die Ahnung, dass Mike direkt neben ihm stand, ihnen bestimmt höchst aufmerksam zusah und sicher früher oder später versuchen würde, Teil des Spiels zu werden.

Initiative zeigte der Junge aber nicht, und so war es Eugene, der die Dinge in die Hand nahm. Er unterbrach den Kuss mit Philipp, wandte sich zu Mike und schob dann die beiden weißen Jungs aufeinander zu. «Kiss him», sagte er rauer Stimme und meinte damit wohl eher Mike als Philipp, denn der starrte recht finster vor sich hin. Eugenes Hand an seinem Kopf gab er trotzdem willig nach und so sah Philipp, wie ihm das Gesicht des blonden Nachbarjungen immer näher kam. Ihre Lippen fanden sich und Philipp, der auf sein Talent beim Küssen ziemlich stolz war, legte sich richtig ins Zeug.

‹Dich mach ich schon scharf auf mich, Junge›, dachte er selbstbewusst und zeigte Mike ein paar der Tricks, die er in den letzten Monaten bei seinen Abenteuern in den Büschen an der Autobahn gelernt hatte: Er wartete erst einmal ab, wie sich die fremde Zunge langsam zwischen seine Lippen schob – und zog sie dann, heftig saugend, auf einen Schlag tief in seinen Schlund hinein; er variierte das Tempo, in dem seine eigene Zunge die von Mike umschmeichelte, immer wieder ganz plötzlich; er suchte und fand den Weg, der hinter Mikes Lippen in dessen feuchten Rachen führte;

er arbeitete dabei bald mit starkem Druck, bald bewegte er diesen Muskel, der beim Küssen plötzlich so enorm beweglich werden konnte, nur noch ganz leicht und vorsichtig durch die warme Dunkelheit in Mikes Mund.

Nach einigem Zögern fand Mike offensichtlich Gefallen an diesem Duell. Er machte mit, seufzte tief in der Kehle, wurde wild und leidenschaftlich - und auch Eugene hatte seinen Spaß. Philipp, der bewusst die Augen offen hielt, sah, wie der junge Farbige ihn und Mike mit starrem Blick beobachtete, wie er immer näher kam, um noch besser sehen zu können, wie aufgeregt seine schwarzen Pupillen dabei funkelten. Schließlich wurde es ein Kuss zu dritt: Eugenes rote Zunge schoss zwischen seinen schwarzen Lippen hervor und drängte sich von der Seite zwischen die aufeinander gepressten Münder von Philipp und Mike.

Danach gab es keine Regeln mehr. Jeder küsste jeden, alle Kombinationen wurden durchgespielt. Speichel floss in Strömen: Er wanderte von Mund zu Mund, rann über Lippen und Kinn, wurde geschluckt, getrunken, und wurde dabei erstaunlicher Weise doch überhaupt nicht weniger.

Schließlich waren sie alle drei so außer Atem und so erhitzt, dass sie gemeinsam, wie von selbst, eine Stufe zurückschalteten. Keuchend und schwitzend standen sie eng beieinander im Dreieck, hielten sich gegenseitig, und besahen zusammen von oben ihre Schwänze, deren Köpfe sich berührten und Vorsaft austauschten. Philipp freute sich über den Kontrast der Farben und Formen. Eugenes Riemen war der längste (was der Junge natürlich stolz kommentierte) und über die ganze Strecke hin auch noch gleichmäßig dick wie ein Industriewerkzeug. Philipps Schwanz (Nummer Zwei in der Liste der Längen) legte zwischen Ansatz und der Kappe im letzten Drittel deutlich an Umfang zu, um dann von einem besonders dynamisch

geschwungenen Kopf bekrönt zu werden. Mike schließlich konnte einen Schwanz vorzeigen, der genauso aussah, wie er selbst: eher kurz, aber überaus stämmig, stark und stabil.

Die Unterschiede zwischen Schwanz und Schwanz hatten Philipp immer schon fasziniert, seitdem er zum ersten Mal ein fremdes Exemplar in den Händen gehabt hatte. Hier konnte er sich nun kaum sattsehen. Sein eigener Riemen wurde von drei starken Adern umzogen, die deutlich hervorstanden und von denen zwei sich an einer Stelle sogar kreuzten, bevor sie alle dann oben am Kopf in ein kompliziertes System vieler kleinerer Adern ausliefen. Bei Mike sah das anders aus. Sein Schwanz war nicht nur sehr viel heller als der von Philipp. Dem Schaft fehlten auch die dicken Adern, denn unter seiner fast weißen Haut gab es auf der ganzen Länge des gleichmäßig dicken Riemens ein dichtes Netz dünner Linien, die so blau schimmerten, als seien sie mit einem feinen Pinsel direkt unter eine fast unsichtbare Porzellanglasur gemalt. Eugenes Schwanz war ähnlich glatt, aber eben tiefschwarz vom Anfang bis zur Spitze. Seine Haut war hier sogar noch dunkler als sonst, so als hätte das Schwarz an dieser Stelle seinen Ursprung. Adern ließen sich auf diesem massiven dunklen Rohr nur erahnen.

Außerdem fehlte dem jungen Amerikaner - anders als Mike und Philipp - die Vorhaut. Mit beschnittenen Schwänzen kannte Philipp sich bereits etwas aus, denn auf dem Parkplatz hatte er es ein paar Mal auch schon mit türkischen Männern getrieben. Eugene aber konnte hier und heute offensichtlich zum ersten Mal einen intakten Riemen in die Hand nehmen; Mike fehlte wohl ebenfalls jede Erfahrung mit einem Schwanz der anderen Art. Beide bestaunten aufgeregt, was sie sahen und fühlten. Mike konnte seine Finger kaum von Eugenes dunkler Kuppe lassen, die direkt aus dem Stamm hervor wuchs. Sie war eher trocken und

auch nicht von so glatt gespannter Haut überzogen wie die Eichel von Philipp oder Mike, aber der sorgte für einen Ausgleich, indem er die schwarze Schwanzspitze immer wieder mit soviel Vorsaft und Speichel überzog, dass sie schließlich tropfte wie ein kaputter Wasserhahn. Der Farbige probierte gleichzeitig erst etwas zaghaft, dann immer entschlossener, wie flexibel die Vorhaut der beiden deutschen Schwänze war, die sich ihm so bereitwillig entgegen streckten. Dabei entdeckte er zu seiner großen Begeisterung, dass sich die weiße Haut nicht nur ganz nach hinten, sondern auch ein paar Zentimeter nach vorn ziehen ließ, bis seine dunkle Schwanzspitze halb darin verschwand, wenn er sie entsprechend platzierte. Dieses Spiel, bei dem er abwechselnd Mike und dann Philipp als Partner zu sich heranzog, absorbierte eine Zeit lang seine ganze Aufmerksamkeit.

Wie Philipp schon vermutet hatte, konnte sein blonder Nachbar dem Drang nicht widerstehen, den schwarzen Schwanz, der ihn so faszinierte, möglichst genau kennenzulernen. Mike sank plötzlich ganz wie von selbst, ohne jede Aufforderung oder Nachhilfe, auf die Knie. An Philipp und seinem Schwanz hatte er kein Interesse. Er konzentrierte sich ganz auf Eugene und dessen Riemen: Er hielt ihn mit beiden Händen, ließ seine Finger immer wieder spielerisch über die ganze Länge laufen, prüfte mehrmals den Umfang, streichelte mit der einen Hand die kaum behaarten Eier des Farbigen, während er mit der anderen den dunklen Schwanz wichste und drückte.

Dann traute er sich endlich, das Ding in die Nähe seiner Lippen zu bringen. Zögernd und vorsichtig agierte er dabei, so als wisse er nicht genau, was ihn erwarte, als traue er der Sache noch nicht so ganz. Philipp sah ihm von oben zu und erinnerte sich an seine eigenen ersten zaghaften Versuche als Schwanzlutscher: Mike war in dieser Rolle of-

fensichtlich ein völliger Anfänger. Amüsiert genoss Philipp das Gefühl einer Souveränität, die er sich selbst bisher noch gar nicht zugestanden hatte. Um seinen Spaß noch etwas zu steigern, ging er nun spontan selbst in die Knie.

Mike, der eben noch mit weit aufgerissenen Augen nach oben in Eugenes erhitztes Gesicht gestarrt hatte, sah es mit nervösem Blick. Von dem Schwanz in seiner Hand aber konnte er nicht lassen; ja, er ging sogar einen Schritt weiter und begann nun die dunkle Kuppe mit vorsichtigen Bewegungen seiner Zunge zu erkunden. Eugene quittierte diesen Kontakt mit einem enthusiastischen «Yeah! Suck me!!» Philipp hielt etwas Abstand von dem, was sich da vor seinen Augen abspielte, um zu zeigen, dass er Mike das Objekt seiner Begierde gar nicht streitig machen wollte (jedenfalls nicht in diesem Moment). Die Augen der beiden knieenden Jungen trafen sich und Philipp hielt mit seinem Blick Mikes tiefblaue Pupillen fest.

Der blonde Junge mit der hellen Haut wurde rot, richtig rot, erst auf seinen Wangen, dann auch am Hals und auf der Brust. Im gleichen Moment aber riss er plötzlich den Mund zum ersten Mal richtig weit auf und schob seine Lippen so weit über Eugenes dunkel glänzende Schwanzspitze, dass die ganze Kuppe dazwischen verschwand. Der farbige Junge flippte fast aus.

Philipps Grinsen wurde breiter. Zuzuschauen, nur zu beobachten, konnte auch ziemlich geil sein! Offensichtlich hatte man in bestimmten Situationen selbst allein mit den Augen so etwas wie Macht, denn Mike konnte einfach nicht den Blick von seinem jetzt doch langsam näher kommenden Beobachter lösen, obwohl sein Gesichtsausdruck doch fast schon etwas gequält wirkte. Wenn sich hier der Wunsch zeigte, den Zeugen los zu werden, der ihm aus unmittelbarer Nähe beim Schwanzlutschen zusah, dann gab

es aber auch noch andere Zeichen, denn der blonde Junge zitterte zunehmend am ganzen Körper – und sein Schwanz stand so stramm und hart nach oben, dass hier keine Steigerung mehr möglich war. Die Peinlichkeit, genau beobachtet zu werden, machte ihn offensichtlich doch ziemlich geil.

Kühl und langsam, wie ein Regisseur, der für die nächste Szene noch zwischen verschiedenen Möglichkeiten wählt, hob Philipp die Hand. Ohne Mikes Augen aus ihrer Haft zu entlassen, griff er schließlich nach Mikes Kopf – und schob den dann ganz langsam, mit genau dosiertem Druck, weiter nach vorn. Zentimeter um Zentimeter verschwand Eugenes Schwanz so zwischen Mikes immer weiter auseinandergehenden Lippen. Der Amerikaner redete dabei wirres, aber begeistert klingendes Zeug; der blonde Schwanzlutscher wurde noch stärker rot und schluckte zunehmend hektisch, ließ sich aber doch bereitwillig nach vorne drücken.

Passender Weise begann die unvermeidliche Krise genau in dem Moment, in dem es draußen noch einmal besonders laut donnerte. Im gleichen Augenblick verschluckte sich Mike (was Philipp schon die ganze Zeit erwartet hatte) und machte sich frei. Eugenes Schwanz rutschte aus dem Mund des hustenden Jungen und war feucht glänzend wieder in seiner ganzen Länge zu sehen. Das war der Moment, auf den Philipp gewartet hatte. Er griff sich den schwarzen Riemen, brachte ihn und sich selbst in die richtige Position, suchte Blickkontakt mit Mike, und demonstrierte dann ruhig und souverän, wie Mann einen Schwanz ganz und gar in den Rachen bekam, ohne sich zu verschlucken. Zu seiner eigenen Überraschung gelang ihm das problemlos, ja perfekt. Der Schwanz des Amerikaners passte in Dicke und Länge genau in seinen Schlund; auch die gerade Form

machte ihm die Arbeit leicht. Schneller als er es selbst erwartet hatte, stieß Philipp mit seiner Nasenspitze an Eugenes flachen Bauch. Mike beobachtete ihn mit weit aufgerissenen, ungläubigen Augen. Für die letzten Zentimeter musste Philipp die Augen schließen - irgendwie konnte er sich dann besser konzentrieren, um seinem Rachen wirklich alles zu gönnen, was es an Schwanz zu lutschen gab.

Während sich seine Nase in den drahtigen Schamhaaren des Amerikaners zusammenknautschte und seine Stirn dessen schweißnassen Bauch berührte, hörte Philipp von weiter oben ein guttural geschnaubtes «Fuck! Yeah!!» und aus der Nähe ein seufzendes, anerkennendes «Geil!!» Befriedigt machte er sich dann auf den Rückzug und ließ den heißen, wild zuckenden schwarzen Schwanz Schritt für Schritt, aufreizend langsam, wieder aus der feuchten Dunkelheit herausrutschen, in der der harte Riemen eben noch vollständig gesteckt hatte.

Mike leckte sich gleichzeitig schon erwartungsvoll die Lippen. Philipp ließ ihn gewähren und hielt Eugenes Schwanz in der richtigen Position.

Danach war die Rivalität verflogen, die Philipp bislang bei Mike gespürt hatte.

Die beiden Jungen begannen zu kooperieren.

Wenn Philipp mit langsamen, genüsslichen Bewegungen seiner langen Zunge links an Eugenes hartem Schwanz auf- und ableckte, dann nahm sich Mike die andere Seite des Riemens vor. Oder die eine Zunge spielte an der Eichel des Amerikaners und versuchte, den dicken Kopf zu umfassen, um sie vollständig in Speichel zu baden, und gleichzeitig züngelte Mike gierig unten an der Basis des Schwanzes herum, als wenn es dort Honig aufzulecken gäbe. Anschließend wanderten die beiden Zungen in entgegengesetzter Richtung auf und ab: die eine nach unten, die andere nach oben. Dabei wurde jede einzelne der vielen Adern an Eu-

genes Schwanz, die man erst sah, wenn man ganz nah dran war, zärtlich gestreichelt und gekitzelt. Gelegentlich berührten sich die beiden Zungenspitzen flüchtig, wenn beide Münder kurz auf gleicher Höhe waren und beide den gleichen Abschnitt des dunklen Riemens bearbeiteten – der eine von rechts, der andere von links. Aber dann trennten sie sich rasch wieder, und das eine Lippenpaar wanderte erneut nach unten, um an der Basis oder auch an Eugenes kleinen Eiern zu lecken, während der andere Mund einmal mehr nach der Eichel zu schnappen begann, um den Vorsaft aufzulecken, der dort in großer Menge zu bekommen war.

Die beiden machten das lange und ausgiebig, so ausgiebig, dass Eugenes dunkler Schwanz schließlich dank der vielen Spucke wie poliert glänzte und dicke Tropfen der klaren Flüssigkeit nach unten über seine Eier flossen und von dort auf den Boden tropften. Irgendwann begannen die beiden dann, ohne Absprache und doch perfekt koordiniert, gleichzeitig nach oben oder nach unten zu wandern. Sie bewegten ihre Lippen synchron auf und ab, und gleichzeitig begannen die beiden Zungen, intensiver und dringlicher nacheinander zu suchen: Die beiden weißen Jungs fingen an, sich um den Schwanz herum zu küssen. Gemeinsam wanderten sie schließlich wieder nach oben, in Richtung auf die bis zum Explodieren geschwollene Eichel.

Eugene verfolgte diesen Anstieg, diesen Weg von zwei Mündern und zwei quirligen, feuchten Zungen mit glasigen Augen. Sein hektischer Atem, das Zittern in seinen Beinen und auch dieser zunehmend glasige, abwesende Blick – all dies sagte Philipp, dass hier ein Orgasmus nicht mehr lange auf sich warten lassen würde. So zog er Mike etwas mit sich nach vorn. Die beiden küssten sich wild; Eugenes zuckender Schwanz aber blieb für einen Moment unbearbeitet.

Zuerst verzog der Amerikaner frustriert das Gesicht. Plötzlich aber grinste er breit und zog die beiden vor ihn knienden Jungen auseinander.

«Hey, let me show you something!», sagte er mit funkelnden Augen.

Mit kindlichem Eifer setzte er sich direkt vor Mike und Philipp auf der hinter ihm stehenden Bank in Positur. Er atmete plötzlich sehr bewusst und schien sich zu konzentrieren - wie ein Artist unmittelbar vor seiner schwierigsten Nummer. Philipp hatte keine Ahnung, was jetzt kommen würde, und er begriff auch nur sehr zögerlich, was da vor seinen Augen geschah, als Eugenes Rücken runder und immer noch runder wurde. Irgendwie schien das Rückgrat des Farbigen aus Plastik zu sein, und außerdem konnte er auf geheimnisvolle Weise auch noch seinen Brustkorb und Bauch so weit nach innen ziehen, dass sein Kopf lang, aber sicher, Zentimeter um Zentimeter, immer weiter nach unten wanderte - nach unten in Richtung auf die Spitze seines eigenen Schwanzes, den er selbst ganz aufrecht und gerade hielt.

Mike und Philipp wechselten einen aufgeregten Blick. War Eugene so beweglich? Kam er so tief runter? Konnte er wirklich und wahrhaftig - sich selbst einen blasen? Philipps Schwanz zuckte heftig, als er begriff, dass es bei den Verrenkungen des jungen Schwarzen genau darum ging, die eigenen Lippen und den eigenen Schwanz zusammen zu bringen, ja den Riemen vielleicht sogar in den eigenen Mund zu nehmen. An verregneten Sonntagnachmittagen hatte er das selbst schon ernsthaft versucht, war aber jedes Mal kläglich gescheitert, weil die letzten zehn Zentimeter (oder auch mehr) einfach nicht zu überbrücken waren.

Bei Eugene gab es dieses Problem nicht. Zwar kam auch er an einen Punkt, an dem es für einen Moment nicht weiter zu gehen schien. Aber das täuschte - oder vielleicht

war es von vornherein nur eine kunstvolle Verzögerung des Artisten gewesen, der die Spannung seiner Zuschauer steigern wollte, denn auf einmal rutschte Eugenes Mund wie von selbst und scheinbar ganz mühelos auch noch die entscheidende fehlende Distanz nach unten.

Seine dunklen Lippen stülpten sich über die genau so dunkle Kuppe seines Riemens und dann sah man seine hell leuchtende, rosa Zunge, die langsam den schwarzen Schwanz umkreiste. Die beiden weißen Jungen keuchten wie auf ein Kommando und beiden rückten mit ihren Köpfen so dicht wie möglich an Eugene, seinen Schwanz und seinen Mund heran.

Platz gab es zwar kaum, aber das machte nichts. Drei Münder trafen sich, drei Zungen leckten an demselben Schwanz, und ihr gemeinsames Schnauben war so laut, dass es alle anderen Geräusche übertönte. Sie schienen gefangen in dieser Enge, in dieser unmöglichen Position, die auch Mike und Philipp zu einigen Verrenkungen zwang, aber auch das machte nichts, denn ihre Geilheit, ihre Aufregung, ihr Spaß übertrafen alles, was sie sich noch vor ein paar Momenten vorgestellt hatten.

Gleichzeitig trafen sich Philipps und Mikes Finger zwischen Eugenes Arschbacken, genau an dem Punkt, an dem die kleine, runzelige Rosette sich eng verschloss. Philipp war überrascht und zweifelte plötzlich, ob sein Nachbar wirklich so unschuldig war, wie er es angenommen hatte. Mike wusste jedenfalls genau, was er wollte: Er wollte mit seinen Fingern in das Arschloch des jungen Amerikaners. Philipp half ihm mit seiner Spucke und schob dann seinen eigenen Zeigefinger gleich hinterher – Eugene begrüßte die beiden Eindringlinge, die rasch tiefer vordrangen, mit einem Grunzen, das ganz tief in seiner Brust saß.

Der Augenblick schien sich lang hinzuziehen, viel länger jedenfalls, als Philipp es erwartet hatte. Weil sie so eng

beieinander waren mit ihren Lippen und Zungen, traf sie der weiße Blitz, der schließlich doch, unerwartet und viel zu früh, aus Eugenes Schwanzspitze nach oben schoss, fast gleichzeitig und fast gleich stark. Der erste, besonders dicke Stoß zerplatzte auf dem gerade halb geschlossenen Mund des jungen Amerikaners wie eine Bombe, die in tausend Splitter zerspringt. Kleine Tropfen schossen nach allen Seiten und gingen als dichter Regenschauer auf Kinn, Nase, Lippen und Zunge von Mike und Philipp nieder – und in der gleichen Sekunde begann ihr Konkurrenzkampf um diese feuchte Beute und um den nächsten Schuss und den danach. Drei zunehmend schleimige, weiß überzogene Zungen rangen miteinander, trafen sich, tauschten sich aus, leckten einander ab, schoben den kostbaren Stoff hin und her, teilten ihn fast brüderlich; drei Kehlen schluckten, tranken und suchten Nachschub, bis auch noch der letzte Tropfen, der letzte Rest, geteilt und vertilgt war.

Keuchend sank Eugene nach hinten. Er streckte sich und schien für einen Moment selbst überrascht zu sein, dass sein Rücken keinen Schaden genommen hatte. Dann sah er Mike und Philipp zu, die aufgesprungen waren und beide halb über ihm standen. Sie wichsten hart und entschlossen, starrten nach unten auf den dunklen, schweißglänzenden Körper, der schlank und drahtig ausgestreckt vor ihnen lag – und schossen dann jeder gleichzeitig mehrere dicke weiße Schleimketten über Eugenes tiefschwarze Haut, denen gleich darauf noch viele einzelne Tropfen folgten. Der farbige Junge schnurrte dabei wie eine Katze und verrieb den klebrigen Saft immer wieder mit beiden Händen wie jemand, der sich selbst sehr gründlich eincremt. Lachend und nach Luft ringend landeten die beiden weißen Jungs schließlich rechts und links neben Eugene auf dem Boden.

In der Stille, die folgte, hörte man plötzlich wieder den Regen, der immer noch gegen das Fenster schlug.

Als Philipp den Kopf hob, sah er sofort die gleiche Panik in Eugenes Augen, die ihm auf dem Parkplatz schon aufgefallen war.

«I'd better be going», murmelte der Amerikaner.

Philipp grinste beruhigend und legte seine Hand langsam auf das Bein des Farbigen, dicht neben dem Schwanz, an dessen Spitze sich doch noch einmal ein weißer Spermatropfen gesammelt hatte.

«Why the hurry? It's still raining», sagte er in besonders einladendem Ton.

Der Wortschwall, der ihm antwortete, überraschte und überforderte Philipp. Nur mühsam verstand er wenigstens die wichtigsten Dinge, die Eugene – in Verbindung mit vielen Flüchen – auf einmal mitteilte. Scheinbar wurde seine Mutter von der Armee versetzt und offensichtlich musste Eugene mit ihr ziehen; scheinbar ging es sehr weit weg, irgendwohin ans Meer. Endlich begriff Philipp: Morgen schon würde Eugene auf einem Stützpunkt in einem arabischen Land sitzen, den er allein auf keinen Fall verlassen durfte. Deshalb die Panik, dachte er.

Für einen Moment suchte er nach Worten, nach einem klugen Rat oder nach einer aufmunternden Bemerkung. Sein Kopf aber verweigerte die Kooperation. So beugte er sich spontan nach vorn und küsste den Farbigen einfach direkt auf den Mund. Eugene war gleich dankbar bei der Sache: Sein Mund öffnete sich einladend, ihre Zungen trafen sich und setzten das Spiel fort, das nie an Spannung verliert.

Als ihre Lippen sich wieder trennten, wanderte Philipp mit seinem Mund zu Eugenes Ohr, das ihn vorhin so gereizt hatte. «Let's have some more fun», flüsterte er direkt in die dunkle Ohrmuschel, «then I will take you back».

Dann schoss seine Zungenspitze nach vorn und zwängte sich tief in den engen Gehörgang. Der junge Amerikaner stöhnte und Philipp spürte eine Bewegung an seinen Fingerspitzen: Eugenes Schwanz war für den Vorschlag offensichtlich sehr zu haben, denn er richtete sich erneut auf.

Wenig später steuerte Philipp seine Gäste – beide nun wieder mit steifem Schwanz – in Richtung auf die Treppe. Er wollte ihnen sein Zimmer und sein breites Bett zeigen.

Eugene ging voran. Seine fast unwirklich kleinen und festen Arschbacken spannten sich bei jedem Schritt so stark, als würden sie gleich durch die dünne Haut platzen. «Was hat er da eben so lange geredet?», fragte Mike leise. «Ich hab nichts verstanden.»

Philipp grinste. Sein Blick hing an dem perfekten Hintern des Amerikaners.

«Er hat gesagt, er muss morgen umziehen», erklärte er ruhig. «Außerdem möchte er jetzt von dir gefickt werden.»

Mike guckte verblüfft, aber seine Antwort kam dennoch wie aus der Pistole geschossen: «Kann er haben». Damit trat er hinter Eugenes auf die ersten Treppenstufen.

Als Gastgeber folgte Philipp mit einigem Abstand. Er sah zwei knackige, junge Ärsche vor sich.

Vorhin hatte er zum ersten Mal den Spaß erlebt, den man als Zuschauer haben kann. Dieses Vergnügen wollte er sich jetzt gleich noch einmal gönnen.

Und dann würde man weitersehen. In seinem Kopf rangelten die Möglichkeiten um die Oberhand. Auf jeden Fall sollte Eugene morgen in seinem arabischen Exil viele verschiedene Erinnerungen an seine Zeit in «good old Germany» haben.

Dafür wollte Philipp sorgen.

Vorsichtig ließ Bastian das Fahrrad in das Gras gleiten. Sein Onkel schien zu schlafen. Er lag auf dem Rücken, den einen Arm gebeugt neben dem Kopf, den anderen weit ausgestreckt neben der Brust. Der Schatten des Baums, unter dem sie ihre Decken ausgebreitet hatten, war mit der Sonne gewandert: Er fiel jetzt nur noch auf Onkel Roberts Gesicht und auf die Schultern; der ganze Rest seines langen Körpers aber lag im hellen Sonnenschein.

Leise trat Bastian näher.

Der Mann schlief wirklich, tief und fest. Sein Atem ging leicht und regelmäßig; der breite Brustkorb hob und senkte sich kaum merklich. Einen Moment lang betrachtete Bastian den entspannt daliegenden Mann, der nur eine Badehose trug; dann setzte er sich lautlos in das trockene Gras. Er nahm den Rucksack vom Rücken, griff langsam hinein und stellte die beiden Cola-Dosen vor sich in den Schatten. Sie waren kalt und von außen feucht beschlagen.

Bastians Blick lag unverwandt auf dem Mann neben ihm. Eigentlich hätte er ärgerlich sein können. Er war extra den langen Weg zum Kiosk der Badeanstalt geradelt, um die beiden Dosen zu kaufen, und jetzt, wo er wieder da war, schlief sein Onkel. Dabei war es Roberts Idee gewesen, sich hier, am anderen Ende des Sees, einen Platz zu suchen, obwohl es auf dieser Seite keinen Strand gab und eben auch keinen Kiosk. Und Bastian hätte die Cola nicht gebraucht.

Aber Bastian war nicht ärgerlich. Nein, er freute sich,

dass sein Onkel eingeschlafen war. So konnte er den Mann endlich einmal ganz genau betrachten, ohne die Angst, dabei ertappt zu werden. Nicht, dass Onkel Robert sich und seinen Körper versteckt hätte - ganz im Gegenteil. Im Sommer trug er gerne ärmellose T-Shirts, die seine starken Schultern und die langen muskulösen Arme frei ließen, und zu Haus in seiner Wohnung lief er sogar oft mit freiem Oberkörper herum, auch wenn Bastian bei ihm zu Besuch war. Der Neffe wusste deshalb, wie sich die Muskeln unter der Haut des Mannes bewegten, wenn er sich nach vorne beugte und sein breiter Rücken in der Bewegung zu einem komplizierten Mosaik deutlich gegeneinander abgegrenzter Stränge, Klüfte und Ebenen wurde. Und Bastian hatte auch schon oft gesehen, wie Onkel Roberts starker Bizeps sich aufwölbte und wie seine ohnehin schon höchst eindrucksvoll entwickelten Brustmuskeln für einen kurzen Moment ganz hart und straff wurden, wenn er nach etwas griff und es hoch hob.

Aber das hier war doch etwas anderes.

Bislang hatte Bastian immer nur kurze, hastige Blicke auf seinen Onkel geworfen; immer war er ängstlich gewesen und nervös, getrieben von der Furcht, der Mann könnte merken, wie er ihn mit den Augen verschlang - und jetzt endlich konnte er genau das tun, ganz langsam und ganz genüsslich.

Er begann an den Beinen, oder genauer gesagt sogar an seinen Füßen, die für einen Mann dieser Größe erstaunlich schmal waren. Kleine Büschel dunkler Haare wuchsen auf den Zehen und auf dem Fußrücken. Bastian fand das merkwürdig reizvoll, denn auf seinen eigenen Füßen wuchsen überhaupt keine Haare. Aber auch seine Beine waren ja fast unbehaart, während das bei seinem Onkel ganz anders aussah: Die dunklen Haare bildeten bei ihm ab den Knö-

cheln eine dichte Decke, besonders auf den Oberschenkeln, die jetzt, in der Entspannung, fast knabenhaft schlank aussahen, die aber doch eine enorme Kraft entwickeln konnten. Bastian erinnerte sich an das Bild, das sie boten, wenn Onkel Robert mit kurzer Hose auf dem Rad neben ihm fuhr und dabei gelegentlich, nur aus Spaß, mit wenigen Tritten ein Tempo vorgab, mit dem er selbst beim besten Willen nicht mithalten konnte. Und er erinnerte sich auch genau an den harten Druck dieser Schenkel um seine Taille, als sie gestern hier im Gras aus Spaß ein bisschen miteinander gerangelt hatten. Die Luft war ihm dabei weggeblieben, obwohl er genau gespürt hatte, dass sein Onkel bei weitem nicht die ganze Kraft seiner Beine eingesetzt hatte.

Bastians Augen sprangen zum Oberkörper des schlafenden Mannes. Erstaunlicherweise war sein Onkel hier, ganz anders als auf seinen Beinen, fast so unbehaart wie Bastian. Nur ein schmaler Streifen dunkler Haare zog sich von unten über seinen flachen Bauch nach oben, verbreiterte sich am Bauchnabel, und lief darüber dann schließlich in einer Welle ganz feiner Härchen aus. Eigentlich waren diese Haare fast unsichtbar; in den Strahlen der schon schräg stehenden Sonne aber leuchten sie wie Spinnfäden. Auch die beiden weit zur Seite ausgreifenden starken Brustmuskeln waren ganz unbehaart; nur um die Brustwarzen herum wucherte jeweils ein kleines Büschel starker, schwarzer Haare. Die beiden runzeligen Erhebungen waren trotzdem gut zu sehen, und ihre Veränderung faszinierte Bastian jedes Mal wieder aufs Neue, wenn er sie zu sehen bekam. Wenn Onkel Robert aus dem Wasser kam, waren sie beispielsweise immer ganz klein und spitz, ganz anders als sonst, und auch gestern, als sie hier auf der Wiese ihren kurzen Ringkampf veranstaltet hatten, waren sie (wie Bastian meinte) richtig steif geworden. Seine Hände waren haltsuchend über Onkel Roberts Brust gerutscht, als der ihn in den Zan-

gengriff seiner Schenkel nahm, und das Gefühl, das die beiden harten Brustwarzen auf seiner Haut auslösten, als er sie unter den Fingerspitzen fühlte, zitterte auch heute noch in seiner Erinnerung nach. «Gibst du auf?», hatte der Mann grinsend gefragt, wobei er den Druck seiner muskulösen Beine um Bastians Taille noch einmal spielerisch verstärkte. Bastian hatte wortlos genickt, und dabei waren seine Finger noch einmal leicht und rasch über Onkel Roberts nackten Oberkörper und über die beiden steifen Brustwarzen gewandert, bevor die hitzige Nähe dieser Rangelei sich wieder in das freundschaftlich-kumpelhafte Nebeneinander verwandelte, das sonst für ihren Umgang typisch war.

Einen Moment lang erinnerte sich Bastian an die Situation, die seine Haut noch immer zu spüren schien, aber dann kehrte er doch wieder rasch in die Gegenwart zurück. Mit einem schnellen Blick vergewisserte er sich, ob sein Onkel immer noch schlief. Der Mann lag ganz ruhig und sein Gesicht war fast so entspannt und still wie das eines träumenden Kindes. Jünger sah er aus, mit den geschlossenen Augen, und verletzlicher. Nur der dunkle Schatten der Barthaare, der sich wie jeden Tag auch heute schon seit dem Mittag auf seinen Wangen zeigte, passte nicht zu diesem Eindruck von beinahe jugendlicher Unschuld.

Schüchtern und fast scheu tastete sich Bastians Blick vom Gesicht noch einmal über den eindrucksvollen Brustkorb und dann weiter abwärts zu dessen Badehose, denn diesen Teil des vor ihm liegenden Körpers wollte er sich ganz genau ansehen.

Leider sonnte sich sein Onkel nie ohne die Hose. Der weiße Streifen auf seiner Haut sei sexy, sagte er, und außerdem wäre ein Sonnenbrand auf dem Hintern oder auf dem Schwanz immer besonders unangenehm. Wenn man

mit Onkel Robert zum Baden ging, galt deshalb die etwas merkwürdige, aber strikte Regel: Sonnenbaden nur mit Hose; ins Wasser aber gingen sie immer nackend, denn Schwimmen ohne Badehose sei ein geiles Gefühl, meinte Robert (und Bastian fand das auch). Deshalb lagen sie immer hier, wenn sein Onkel ihn im Sommer am Wochenende mit auf einen Ausflug nahm. Außerdem sei es auch entspannter und angenehmer, wenn man allein liege, sagte Robert. Bastians Eltern wussten davon nichts. Onkel Robert hatte einmal so eine Andeutung gemacht, es sei vielleicht besser, nicht ausdrücklich zu erzählen, dass sie beide nackend schwimmen würden, und Bastian hatte sich über dieses kleine Geheimnis gefreut. Schließlich war es ja wirklich angenehmer allein zu liegen - an diesem Tag noch mehr als sonst. Denn im Schwimmbad hätte er seinem Onkel natürlich nicht so auf die Hose starren können, wie er das gerade tat.

Der dunkle Stoff der Badehose war dünn und etwas fadenscheinig, so dünn, dass sich Form und Position von Onkel Roberts Schwanz problemlos erkennen ließen. Bastian wusste, dass dies selbst im Ruhezustand ein großer und sehr fleischiger Schwanz war. Er hatte ihn in den letzten Tagen ja immer wieder kurz gesehen, wenn er zusammen mit Robert zum See lief. Der Mann ging fast immer in bedächtigem Tempo und bei jedem seiner Schritte schwang der massige und erstaunlich lange Riemen langsam wie ein schweres Pendel zwischen seinen starken Beinen hin und her. Bastian konnte da immer nur ganz kurz hinschauen, weil er schon nach einem Blick ein Kribbeln in seinen Eiern und am Hintern spürte, das deutlich eine Erektion ankündigte. Deshalb lief er dann voraus und sprang schnell in den kühlen See. Wenn er prustend wieder aus dem Wasser auftauchte, stand Onkel Robert meistens noch am Ufer und streckte sich umständlich, bevor er dann einen Kopfsprung

machte. Er nahm die Arme nach hinten über den Kopf und zog sie zwei bis drei Mal erst nach rechts und dann auch nach links. So gab es zu Bastians Freude immer doch einen langen Moment, in dem er seine Augen wenigstens aus der Distanz über den muskulösen Körper des Mannes wandern lassen konnte. Und Onkel Roberts Schwanz sah selbst aus mehreren Metern Entfernung noch groß und schwer aus; ja, manchmal kam es Bastian so vor, als sei der massige Riemen auf dem kurzen Weg an den See auffällig gewachsen und auch dicker geworden. Aber sicher war er sich nicht, denn wirklich genau hinzusehen, das ging ja nicht.

Jetzt war das anders: Die Rundung, die sich direkt vor ihm, zum Greifen nah, in der Badehose abzeichnete, ließ Bastians Augen nervös blinkern. Für sein Leben gern hätte er die Hand auf diese dicke Ausbuchtung gelegt, um richtig Maß zu nehmen und um seine Wärme zu spüren. Aber diese Nähe - das wusste Bastian - war eine Täuschung: Zwar lag dieser verführerisch schöne Schwanz einladend kaum eine halbe Armeslänge von ihm entfernt, und doch war er in Wirklichkeit unendlich fern und unerreichbar, ganz und gar unerreichbar.

Der Junge schluckte und kämpfte plötzlich gegen ein Gefühl von Einsamkeit.

Gedankenverloren und nur um irgendetwas zu tun, öffnete er eine der beiden Cola-Dosen. Eine kleine Fontäne von Schaum und brauner Flüssigkeit schoss nach oben und erreichte sogar den Körper des Onkels: Einige Tropfen fielen auf seine Badehose und spritzten auch auf seinen Bauch. Aber er schlief weiter. Er zuckte zwar kurz zusammen und bewegte den einen Arm; sein Atem blieb jedoch so ruhig wie zuvor.

Aufmerksam beobachtete der Junge, wie die in die Sonne glitzernden Tropfen der Limonade nacheinander langsam

im Stoff der Hose versickerten und zu dunklen, kleinen Flecken wurden.

Nur die kleinen Tropfen auf Onkel Roberts straff gespannter Bauchdecke, dicht neben dem Saum der Badehose, blieben zurück. Bastian betrachtete sie interessiert, als seien sie etwas ganz besonderes, und leckte sich dabei nervös die Lippen. Schließlich wagte er es, die dunklen flüssigen Perlen ganz vorsichtig mit dem Zeigefinger aufzustippen. Wie automatisch wanderte die Fingerspitze dann sofort in seinen Mund, aber zu Bastians Enttäuschung schmeckte die braune Flüssigkeit nicht anders als sonst. Sie war süß, zu süß – wie immer.

Unversehens fühlte der Junge sich so müde wie nach einer großen körperlichen Anstrengung. Fast wie von selbst sank sein Kopf nach vorn und seine Augenlider brannten.

Leise begann er, sich neben seinem Onkel auszustrecken, aber dann hielt er mitten in der Bewegung inne. Es war keine Idee, die ihn stoppte, kein Gedanke, den er in Worte hätte fassen können, nur ein Wunsch – der Wunsch nach Nähe.

Vielleicht war es die Sonne, die ihn mutig machte. Sie verursachte dieses angenehme Gefühl von leichter Benommenheit in seinem Kopf, diese schläfrige Trägheit, die ihn von jeder Verantwortung freisprach. ‹Tu es doch einfach', schien diese Wärme ihm zuzuflüstern – und der Junge hörte auf sie.

Also rollte er sich neben seinem Onkel zusammen und legte den Kopf auf den Bauch des schlafenden Mannes.

Vorsichtig tat er das, wie in Zeitlupe und mit angehaltenem Atem, aber doch zielstrebig und mit genau überlegten Bewegungen. Sein Herz schlug schneller, als er an Ohr und Wange die feinen Härchen spürte, die dieses schmale Band auf Onkel Roberts Bauch bildeten. Bastian erstarrte kurz

und hielt den Nacken ängstlich ganz gerade. Das leichte Kitzeln an der unteren Seite seines Gesichts kam und ging mit Roberts regelmäßigem Atem.

Der Junge zögerte. Er schloss die Augen und holte tief Luft, um all seinen Mut zu sammeln, und mit der warmen Luft zog er auch den Geruch des Mannes tief in seine Nase. Er roch das schon wieder verdunstete Wasser des Sees, er roch Sonnenöl, Schweiß und Onkel Roberts von der Sonne erwärmte Haut - und spürte, wie sein Schwanz gleichzeitig wuchs und wuchs. Das war keine der ganz plötzlich auftretenden, fast gewalttätig anschwellenden Erektionen, die er sonst kannte; nein, das war das höchst angenehme Gefühl einer sanft anwachsenden Erregung, der Reflex einer Bewunderung, die ganz ohne eigenen Anspruch war und deshalb auch ohne das Bedürfnis nach rascher Entladung, das ihn sonst immer zwang, möglichst heftig und möglichst schnell zu wichsen. Jetzt war das ganz anders: Bastian wollte überhaupt nicht abspritzen. Nein, er wollte hier in der warmen Sonne im Gras liegen, er wollte die Haut seines Onkels an seiner Haut spüren, er wollte den Mann riechen und ihn neben sich fühlen - und das alles wollte er so lange genießen, wie es ging. Sein steifer Schwanz machte die Situation nur perfekt; Bastian musste ihn nicht anfassen und nicht mit ihm spielen. Das hätte ihn nur abgelenkt und es schwerer gemacht, sich diesen Moment einzuprägen. Denn das war dem Jungen am wichtigsten: Er wollte diesen Augenblick erinnern, alles daran wollte er erinnern, das Licht, die Luft, die Wärme, die Geräusche um ihn herum, die Gerüche, das Gefühl auf der Haut - und seine Geilheit.

Er wollte das alles mitnehmen, um es später wieder zusammenzusetzen, um diesen Nachmittag zurückzuholen. Und dann würde er wichsen und abspritzen, wieder wichsen und gleich noch einmal abspritzen, um auch dann noch für mehr bereit zu sein, denn diese Geilheit würde nie

aufhören, sie würde sich immer wieder erneuern und mit jedem Orgasmus nur noch stärker werden …

Und so gab Bastian nach: Sein Kopf sank langsam wie von selbst nach unten. Er spürte die Härchen wieder und auch die Haut, auf der sie wuchsen – und ließ sich fallen. Mit einem leisen Seufzen legte er den Kopf auf den straffen Bauch des schlafenden Mannes und entspannte sich.

Onkel Robert reagierte kaum. Der Junge spürte, wie eine Bewegung durch den lang ausgestreckten Körper wanderte; aber dann lag der Mann gleich wieder ganz ruhig. Nur die langsame rhythmische Bewegung in der Bauchdecke, die Bastians Kopf leicht hob und wieder senkte, verriet, dass sein Onkel lebte. Eine Welle von Wärme und Zufriedenheit wanderte durch Bastian. Er zog die Beine enger an den Körper und spürte dabei die pulsierende Erektion in seiner jetzt viel zu knappen Badehose; er holte tief Luft und genoss die Mischung der Gerüche, die dabei in seine Nase fuhren, als sei sie absolut neu; er fühlte Onkel Roberts Haut an der Wange; er spürte den sehnigen Körper des Mannes und dessen Kraft – und er war glücklich.

Wenn es nach Bastian gegangen wäre, hätte gar nichts weiter zu passieren brauchen. Aber das, was dann geschah, entwickelte sich wie von selbst; es passierte einfach, wie von selbst, als müsse es so sein, als sei es unabhängig von ihm und auch unabhängig von Onkel Robert.

Es geschah, weil es logischerweise geschehen musste, und Bastian war mit dem, was er tat, einfach nur ein Teil dieser Logik.

Zuerst allerdings schien überhaupt nichts weiter zu passieren. Bastian kuschelte sich an seinen Onkel und hörte schläfrig auf den Gesang der Vögel und auf den Wind, der manchmal mit einem leisen Rascheln durch die Blätter der Erle und durch die trockenen Gräser der Wiese fuhr. Der

Junge grinste glücklich, er genoss die warme Sonne auf seiner Haut und spürte den sanft pulsierenden Druck in seinem steifen Riemen; er fühlte sich seinem Onkel so nah wie nie zuvor und genoss dieses ganz neue Gefühl, während der gleichmäßige Rhythmus, in dem sich sein Kopf mit dem Atem des schlafenden Mannes auf und ab bewegte, ihn langsam immer träger machte.

Aber dann war er plötzlich wieder ganz wach.

Die Bewegung, die er direkt vor seinen Augen sah, war zunächst fast unmerklich und kaum wahrzunehmen. Mehrmals fragte sich der Junge, ob er sich nicht getäuscht hatte, ob er nicht Opfer seiner Einbildung und seiner geheimen Wünsche wurde.

Der Zweifel verschwand erst, als er kurz die Augen schloss, und sie dann wieder öffnete. In der Zwischenzeit – daran war gar nicht zu zweifeln – war die Bewegung weiter gegangen; sie hatte deutliche Fortschritte gemacht und war trotzdem noch lange nicht am Ende, denn sie wurde gerade jetzt merklich sichtbarer, schneller und stärker: Mit weit aufgerissenen Augen und wild pochendem Herzen registrierte Bastian, dass sein Onkel eine Erektion bekam.

Der Schwanz in der dunklen Badehose des Mannes wuchs langsam und ohne Eile, aber ganz kontinuierlich.

An Anfang war unter dem Stoff nur der Bogen zu sehen gewesen, den Bastian schon kannte. Die Konturen von Onkel Roberts Schwanz zeichneten sich deutlich ab, aber es war ganz eindeutig kein steifer Schwanz, den man da sehen konnte. Dafür war die Rundung trotz ihrer erstaunlichen Länge und trotz ihres Volumens zu weich und zu sanft. Dann aber begann der Bogen anzuschwellen, und gleichzeitig streckte er sich weiter und weiter. Er wuchs in langsam aufeinander folgenden Schüben, fast in dem gleichen Rhythmus, der Bastians Kopf hob und senkte; er ließ sich

Zeit, seine ganze Kraft zu zeigen; er narrte den Jungen, der oft meinte, jetzt müsse dieser Schwanz ganz steif sein, jetzt könne er nicht noch größer werden. Aber er wurde dann doch noch größer, noch länger und noch dicker; er drückte noch heftiger gegen den Stoff der Badehose und dehnte ihn noch weiter, nur um das Material mit dem nächsten Schub dann noch stärker zu strapazieren. Sprachlos und starr vor Staunen beobachtete Bastian eine Metamorphose, die er nicht für möglich gehalten hatte. So groß also konnte ein Männerschwanz sein! Aus irgendeiner Ecke seines Gedächtnisses stieg eine verschüttete Erinnerung hoch, die Erinnerung an eine geflüsterte, nicht für seine Ohren bestimmte Bemerkung, die er vor ein paar Jahren bei einer Familienfeier aufgeschnappt hatte: Robert sei zwar sowieso ein Riesenkerl, aber zwischen den Beinen sei er ja nun wohl geradezu ausgestattet ‹wie ein Pferd', hatten sich da zwei leicht betrunkene Frauen aufgeregt zugeflüstert. Damals hatte Bastian gedacht, das sei ja wohl ziemlich übertrieben und nur eine Redewendung; jetzt sah er den Beweis für diesen Satz direkt vor seinen Augen.

Irgendwann war der Punkt erreicht, an dem der Stoff der Badehose sich nicht weiter dehnen ließ.

Onkel Roberts Schwanz aber war offensichtlich immer noch nicht voll ausgefahren. Er kämpfte gegen seine Einengung; er hob den Saum der Badehose an, so als versuche er, aus seinem engen Gefängnis auszubrechen; er zuckte und pulsierte unter dem dünnen Stoff und nahm immer wieder neue Anläufe, noch weiter zu wachsen, wurde dabei aber von dem Knoten behindert, der die Hose oben verschloss. Bastian räusperte sich hektisch, denn seine Kehle wurde ganz trocken, während er mit höchster Konzentration, ohne auch nur ein einziges Mal zu blinken, diesem hartnäckigen Kampf zusah. Jedes Mal, wenn Onkel Roberts

Schwanz besonders heftig zuckte, tat sich für einen kurzen Moment ein schmaler Spalt zwischen dem flachen Bauch des Mannes und dem Stoff der Hose auf und der Junge meinte, undeutlich einen Blick auf den starken Riemen erhaschen zu können, der diese Bewegung aus eigener Kraft verursachte und im Dunkeln verlockend leuchtete.

Wie die Fortsetzung aussehen musste, war in dieser Situation ganz logisch, und Bastian tat ohne nachzudenken, wie unter Hypnose, das Seine, um es möglich zu machen: Mit zitternden Fingern griff er nach dem Ende der schmalen weißen Schnur, die sich direkt vor seinen Augen auf Onkel Roberts Bauch kringelte, hob es hoch, zog vorsichtig daran, und öffnete so langsam, ganz langsam, den Knoten, gegen den der Schwanz des Mannes bislang vergebens gekämpft hatte. Für eine Sekunde, aber eben nur für eine Sekunde, überlegte er dabei, ob sein Onkel vielleicht aufgewacht sein könnte oder ob er weiter schlafend im Traum lag. Aber dieser Gedanke verschwand sofort wieder, als er sah, wie sich der ausgebleichte Faden entwirrte, wie der Knoten lockerer wurde und sich schließlich ganz öffnete und auseinander fiel. Diese Aktion verlief ganz logisch, nach zwingenden Regeln, und genau zwangsläufig empfand Bastian sein Handeln: Er konnte gar nichts anderes tun, als an diesem Faden zu ziehen, um den Knoten der Badehose zu öffnen – und dann wieder zu warten.

Erstarrt in seiner Bewunderung und in seinem Staunen, blieb Bastian bewegungslos liegen. Sein Kopf blieb genau dort liegen, wo er war, und damit setzte sich die Kette der Ereignisse bruchlos fort.

Robert atmete immer noch leicht und regelmäßig, wie im tiefen Schlaf. Sein Schwanz aber löste sich aus der engen Umklammerung der Badehose. Zuerst machte der befreite Riemen einen erstaunten Satz. Wie ein Tier, dessen Käfig

plötzlich geöffnet wird, schoss er nach vorn, hielt dann aber gleich wieder inne, als erschrecke er vor der unerwarteten Freiheit: Der dunkle Stoff hob sich und die Eichel von Roberts Schwanz wurde sichtbar. Die glatte Kuppe leuchtete rötlich über der schon halb zurückgeschobenen Vorhaut und vorne an dem schmalen Schlitz hing ein hell glitzernder Tropfen von Vorsaft, der langsam anschwoll. Gleichzeitig richtete sich der schwere Riemen auf, bis der Kopf einige Zentimeter über der Bauchdecke des Mannes schwebte. Dabei aber blieb es dann für einen langen Moment, in dem Bastian staunend starrte.

Schließlich aber setzte sich die massige Eichel doch noch einmal in Bewegung. Bastian musste gar nichts weiter tun; er musste einfach nur dort bleiben, wo er lag – und sah sich dabei plötzlich in der Position des Mannes, dem im Märchen die Trauben in den Mund wachsen.

Bei Bastian war es ein dicker, harter Schwanz, der auf ihn zukam und sich wie von selbst zwischen seine Lippen schob.

Er ließ sich Zeit, dieser Schwanz, der hier allein und aus freien Stücken zu agieren schien, während nicht nur Bastian, sondern auch sein schlafender Onkel ganz passiv blieb. Zögerlich und bedächtig, so als habe er alle Zeit der Welt, schob sich der massive Riemen noch weiter unter dem locker gewordenen Saum der Badehose hervor. Bisher hatte die Badehose ihn schräg nach rechts gedrängt, nun aber war er frei und strebte zwangsläufig, nach den Gesetzen der Mathematik und Physik, auf den Scheitelpunkt des Halbkreises zu, den sein Radius abmaß. Mit dieser Aufwärtsbewegung verlor der Junge die Spitze des Schwanzes aus den Augen. Er hätte den Kopf heben müssen, um genau zu sehen, was geschah, um die Augen noch fokussieren zu können – das aber wagte er nicht.

Und eigentlich war es auch nicht nötig, denn schon nach

kurzer Zeit spürte Bastian die Bewegung auf seiner Haut: Er fühlte eine leichte Berührung an seinem Kinn; er merkte, wie eine schmale, feuchte Spur langsam quer über die Wange seiner Unterlippe entgegenkroch - und wusste so jeweils genau, wo die Eichel gerade angekommen war.

Schließlich lag der Kopf des schweren Riemens direkt vor seinem Mund - und Bastian schnappte danach, reflexartig, wie ein Tiefseefisch, der die Beute vor sich weiß, obwohl er sie nicht sieht. Mit einem zufriedenen Seufzer schlossen sich seine Lippen um die starke Kuppe, und schon im gleichen Moment schmeckte er auf seiner Zunge den ersten Tropfen dieses hellen Saftes, der vorne an der Spitze austrat. Das Herz des Jungen schlug so schnell und stark, dass er nur noch ein dunkles, schweres Pochen hörte. Die Welt um ihn herum versank, sie verschwand - jetzt zählte nichts anderes mehr als dieser dicke, steife Schwanz, der zwischen seinen Lippen steckte.

Allerdings wusste Bastian nicht wirklich, was nun zu tun war.

«Ey, blas mir einen!», das war so ein Spruch, den er ebenso wie die anderen Jungs in seiner Klasse schon oft in der Pause auf dem Schulhof oder auch im Umkleideraum nach der Sportstunde gegrölt hatte, aber was eigentlich genau passierte, wenn ein Schwanz geblasen wurde, das hätte er nicht sagen können. Schließlich hatte er außer seinem eigenen Riemen überhaupt noch nie einen steifen Schwanz gesehen, geschweige denn einen im Mund gehabt - aber instinktiv machte er jetzt, wo es passierte, trotzdem alles richtig.

Er spürte, wie langsam ein schwacher, aber doch stetiger Strom dieses klaren Vorsafts in seinen Mund floss - und schluckte. Der Schwanz des Mannes reagierte mit einem leichten Zucken und dann war da plötzlich noch mehr von

dem Saft, der fast geschmacklos, aber leicht klebrig war – und Bastian schluckte wieder. In seiner Kehle hinterließ das Zeug einen angenehmen, aber doch nur ganz schwachen Nachgeschmack. Bastians Speichel floss plötzlich viel üppiger als vorher und drohte den schönen Geschmack zu verwässern – also schluckte er wieder und fand so ganz von allein den Übergang zu einem langsamen, genüsslichen Saugen.

Genauso selbstverständlich entdeckte auch seine Zunge, worauf es ankam. Die extrem glatte, wie poliert wirkende Oberfläche der dicken Eichel, die in seine Mundhöhle hineinragte, lud einfach dazu ein, dass man sie betastete, befühlte und streichelte – und weil er das mit seinen Fingern nicht tun konnte, setzte er dazu eben seine Zunge ein. Wie von selbst fuhr sie immer wieder über die weichen Rundungen der massigen Form, schmiegte sich an deren Kurven, spürte ihren Einbuchtungen nach oder versuchte, sich in den schmalen Schlitz oben an der Spitze zu zwängen.

Das alles funktionierte so einfach, weil Bastian aufgeregt merkte, wie der Schwanz in seinem Mund sofort auf alles reagierte, was mit ihm geschah. Mit jeder noch so unscheinbaren und leichten Bewegung seiner Zunge konnte er ein Zucken der dicken Eichel hervorrufen; jedes Saugen machte den Schwanz noch etwas härter und ließ den Strom des Vorsafts noch weiter anschwellen. Bastian entdeckte spontan, wie sehr er dieses Spiel von Reiz und Reaktion liebte, und deshalb suchte er schon nach kurzer Zeit nach neuen Reizen, weil er auf heftigere Reaktionen hoffte. Er saugte stärker, heftiger und rhythmischer; seine Zunge wirbelte schneller und entschlossener um die zuckende, pulsierende Eichel; sein Kopf hob sich leicht vom Bauch des Mannes und arbeitete sich etwas weiter nach vorn, um noch mehr von diesem Riesenschwanz in Bastians Rachen zu schieben.

Überrascht merkte der Junge, wie flexibel sein Schlund war. Zuerst hatte er gedacht, schon allein die Spitze von Onkel Roberts Schwanz könne unmöglich in seinen Mund passen, weil seine Lippen gar nicht soweit auseinander gehen würden. Jetzt aber spürte er, dass es in Wahrheit ganz anders war: Plötzlich passte viel mehr Schwanz in sein Maul - und nach ein paar Sekunden dann sogar noch etwas mehr. Wenig später ließ sich das Ganze dann wundersamer Weise gleich noch einmal wiederholen. Schließlich steckte die ganze fette Eichel in seinem Mund: Sie füllte ihn vollständig aus, wie ein Pfropfen, der in die für ihn vorgesehene Öffnung gleitet, und ließ kaum noch Platz für seine Zunge.

Wenig später stieß der Schwanz in Bastians Schlund an diesen Punkt, wo eine Sperre zu sitzen schien, an der es wirklich nicht mehr weiter ging, aber irgendetwas sagte Bastian, dass sich auch dieser Widerstand überwinden ließ, dass er sich überwinden lassen musste, damit dieser geile dicke Kolben ganz und gar, bis auf den allerletzten Millimeter, in ihn hineinfahren konnte. Und genau das wollte er plötzlich: Er wollte diesen Schwanz vollständig in sich spüren; in seiner ganzen pulsierenden Länge sollte Onkel Roberts Schwanz in ihm drin sein und ihn ausfüllen. Er musste es nur probieren, so weit nach unten zu kommen; er musste es langsam und methodisch probieren, und bei jeder vorsichtigen Vorwärtsbewegung seines Kopfes vielleicht nur einen halben Zentimeter mehr in seinen Schlund rammen, während er gleichzeitig bewusst durch die Nase atmete - dann würde es ihm irgendwann schon gelingen, den ganzen unglaublich langen Schwanz runterzuschlucken und seine Nase in Onkel Roberts Schamhaare zu drücken.

Wenn es nach Bastian gegangen wäre, hätte dieser Schwanz

immer in seinem Mund bleiben können. Er wollte nie wieder aufhören, an diesem Riemen zu saugen und zu lecken; er wollte den aufreizend schwachen Geschmack des Vorsafts immer auf seiner Zunge spüren und Onkel Robert immer so intensiv riechen wie in diesem Moment. Aber gleichzeitig tat er alles, um den ungeheuren Rausch, den er fühlte, rasch wieder zu beenden. So richtig klar wurde das Bastian allerdings erst, als es schon zu spät war - schließlich war dies ja sein erster Schwanz und er wusste nicht, was man tun muss, um sein Vergnügen möglichst lange auszudehnen.

Deshalb kam der Orgasmus für ihn ganz überraschend.

Erst hinterher merkte er, dass er die Anzeichen übersehen oder ignoriert hatte. Die nicht mehr zu steigernde Härte des Riemens, der fast zu platzen schien, das immer heftigere Zucken der Eichel, der üppige Strom von Vorsaft, der seinen Mund immer wieder fast bis zum Überlaufen füllte - das alles hätte ihm sagen können, was sich da vorbereitete. Unerfahren wie er war, ließ er aber nicht ab und saugte immer noch begeisterter und gieriger an dem wild pulsierenden Schwanz, der gleichzeitig langsam immer tiefer und tiefer in seinen Schlund eindrang. Durch das dumpfe Pochen in seinen Ohren, das er unbewusst als seinen eigenen Herzschlag erkannte, hörte er gedämpft das laute Schmatzen seiner Lippen. Gleichzeitig fragte er sich noch einmal, ob sein Onkel wirklich noch schlief, ob ein Mann überhaupt schlafen konnte, wenn jemand so wild an seinem Schwanz leckte, und ob dieser Schwanz ihm jetzt nicht schon sogar jedes Mal etwas entgegen kam, wenn er den Kopf hob, um noch mehr davon herunterzuschlucken, so als ob sein Onkel ganz leicht und vorsichtig mit den Hüften nachschieben würde - aber genau in diesem Augenblick explodierte der heftig zuckende Riemen direkt in seiner Mundhöhle.

der Junge bisher auf seiner Zunge gehabt hatte, aber doch geil, richtig geil sogar. Dieser Saft schmeckte nach Mann, und Bastian konnte nicht genug davon bekommen. Er begann, die klebrige Flüssigkeit mit der Zunge hin und her zu schieben, bevor er sie runterschluckte; er schnalzte und schmatzte und brachte so unwillkürlich Luft in seinem Mund, was den salzigen Geschmack noch intensiver und stärker werden ließ; er saugte begeistert mit geschlossenen Augen wie ein ausgehungerter Säugling, um alles, aber auch wirklich alles, abzubekommen, was dieser Schwanz zu bieten hatte.

Und Onkel Robert hatte viel zu bieten: Zwar ließen die gewaltigen Stöße nach einiger Zeit nach, die am Anfang immer neue Wellen von Sperma fast explosionsartig in Bastians Mund gejagt hatten. An ihre Stelle aber trat ein starker beständiger Strom von noch mehr Saft, der dem Jungen noch viel zu trinken gab und nur ganz langsam und zögerlich schwächer und dünner wurde. Irgendwann aber blieb der Nachschub dann doch aus und Onkel Roberts Schwanz verlor an Härte und Volumen. Er zog sich in kurzer Zeit ganz von selbst aus Bastians Mund zurück und verschwand wieder unter dem Stoff der Badehose.

Damit kehrten auch Bastians andere Sinne langsam zurück.

Er hörte die Vögel wieder und auch den Wind, der stärker geworden war und in den Bäumen rauschte; er spürte die Sonne wieder auf seiner Haut. Erst jetzt registrierte er, dass er selbst auch abgespritzt hatte: Große, feuchte Batzen von Sperma klebten als eindeutiger Beweis überall in seiner Badehose und in den Schamhaaren, aber er hatte nur vage Erinnerungen an diesen Orgasmus. Er war gekommen, ohne seinen Schwanz überhaupt berührt zu haben, einfach, weil Onkel Robert in seinem Mund abgespritzt hatte, und dieser Gedanke machte ihn jetzt ganz besonders glücklich

und zufrieden: Sie waren fast eins gewesen; sie waren zu einer Einheit geworden, die zusammen gehörte – und dieses Gefühl war ihm wichtiger als selbst sein Orgasmus.

Aber die Euphorie hielt nur kurze Zeit an.

Fast von einer Sekunde zur anderen trat Angst an ihre Stelle: Was sollte er jetzt gleich zu Onkel Robert sagen? Was tun? Wie ihn ansehen?

Bastian wusste keine Antwort auf diese Fragen und so blieb er, wo er war und wartete, dass der Mann ihm das alles sagen und zeigen würde. Wie ein kleines Kind, das sich fürchtet und die Augen schließt, um die Gefahr zu bannen, lag er regungslos da und hoffte mit geschlossenen Augen auf ein Zeichen des Mannes.

Nur blieb das Zeichen aus.

Die Sonne schien weiter mit ihrer ganzen Kraft; der Sommertag ging über den beiden ruhigen Körpern auf der Wiese unbeteiligt seinen Gang; der Mann, dessen Sperma er immer noch so intensiv auf seiner Zunge schmeckte, lag still unter Bastian und atmete ruhig. Zögernd sickerte der Gedanke in den Kopf des ratlosen Jungen, dass die große Veränderung, auf die er hoffte, ausbleiben würde. Das klärende Wort und die Geste, die ihm sagen sollte, wie es weiterging mit ihm und seinem Onkel und seinem Leben, sie kamen nicht.

Nach langem Zögern richtete sich Bastian schließlich auf. Er fühlte sich benommen und hilflos. Ohne sich umzusehen, wartete er noch einmal, ob sein Onkel sich bewegen und etwas sagen würde. Aber der Mann blieb reglos und still. Den Blick starr nach unten gerichtet, riss der Junge sich schließlich mit hastigen Bewegungen die feuchte Badehose vom Leib und verstaute sie ganz tief unten in seinem Rucksack.

Dann lief er an den See und sprang ins Wasser.

Die frische Kühle, die seinen Körper aufnahm und umschloss, drängte die Erinnerung an die letzten Minuten schlagartig in den Hintergrund. Das hier, dachte Bastian, das ist die Wirklichkeit; das andere, das, was eben passiert ist, das war ein Traum, der nicht in sein Leben gehörte und nur durch einen merkwürdigen Zufall dorthin geraten war. Bestimmt war es besser, einfach so zu tun, als sei überhaupt nichts geschehen. Vielleicht hatte Onkel Robert ja wirklich die ganze Zeit geschlafen und geträumt; vielleicht wusste der Mann nicht, was er zu Bastian sagen sollte – schließlich war er nicht gerade geschickt mit Worten und eher ein schweigsamer Typ. Aber eigentlich machte das auch keinen Unterschied: Der Moment für die große Veränderung war sowieso schon vorbei. Bastian tauchte und schwamm wie ein Besessener und jede Welle, die über seinen Kopf schwappte, ließ ihn ruhiger werden.

Onkel Robert kam einige Minuten später ins Wasser. Wie immer stand er erst einige Zeit am Ufer und streckte sich; wie immer war er nackt und sein Schwanz hing schwer zwischen seinen muskulösen Schenkeln. Allenfalls sah der entspannt nach unten weisende Riemen größer und dicker aus als sonst. Robert aber grinste dem Jungen zu und benahm sich genau wie immer. Und dann war überhaupt alles wie sonst: Sie schwammen nebeneinander und redeten über nichts besonders; sie kabbelten sich spielerisch noch ein bisschen an der seichten Stelle am Ufer und tauchten sich gegenseitig unter, aber das alles war genauso, wie es immer gewesen war. Nur vorübergehend hatte Bastian plötzlich das Gefühl, dass der Mann ihn anders anfasste als sonst, herausfordernder und zugleich auch selbstverständlicher; aber dieser Eindruck verschwand dann doch gleich wieder. Auch schien Onkel Roberts Schwanz zuerst wirklich ungewöhnlich schwer und dick zu sein, als sie aus dem Wasser kamen, so als wenn der Mann gerade eben ei-

nen Steifen gehabt hätte oder gleich einen bekommen würde – aber dann sagte sich Bastian, dass ihm nur seine Einbildung einen Streich spielte.

Zeit zum Nachdenken war ohnehin nicht, denn der Himmel verdunkelte sich plötzlich. Ein Gewitter schien aufzuziehen.

Sie brachen rasch auf und fuhren in die Stadt zurück.

An der verkehrsumtosten Ecke, an der sich ihre Wege trennten, hielten sie wie immer kurz an. Bastian erwartete eine kurze Verabschiedung und vielleicht noch eine vage Verabredung für das nächste Wochenende, aber sein Onkel überraschte ihn.

«Morgen wieder – zur üblichen Zeit?», fragte der Mann ganz beiläufig.

Bastian sah ihn erstaunt an.

«Musst du denn nicht arbeiten? Morgen ist Montag.»

Sein Onkel grinste.

«Ich nehm' mir frei. Es wird noch mal ein heißer Tag. Das müssen wir ausnutzen.»

Der Mann zögerte kurz und dann wurde sein Lächeln noch breiter.

«Zur üblichen Zeit also», sagte er mit einem ruhigen Blick auf den Jungen und wandte sich um, ohne auf eine Antwort zu warten.

Verblüfft sah Bastian ihm nach. Sein Herz schlug plötzlich doppelt so schnell wie vorher und seine Hände an der Fahrradstange waren kalt. Er wartete auf ein weiteres Zeichen, auf eine Bestätigung, dass die Erwartung, die plötzlich in ihm hochstieg, keine Täuschung war und kein Selbstbetrug – aber sein Onkel wandte sich nicht um. Er verschwand rasch auf seinem Fahrrad im Verkehrsgetümmel, wie immer, wenn sie sich an dieser Kreuzung trennten.

Bastians Aufregung brach genau so schnell wieder in sich zusammen, wie sie entstanden war. Onkel Robert wollte einfach bei schönem Wetter noch mal baden gehen - das war alles. Der Nachmittag würde sich nicht wiederholen; er musste Erinnerung bleiben. Als er den starken Rücken seines Onkels aus den Augen verloren hatte, fuhr Bastian traurig nach Haus.

Dort aber kam die Aufregung zurück - nur war sie diesmal noch viel stärker.

«Pack erst deine Sachen aus und häng sie ins Bad», hatte seine Mutter gesagt, als er auf sein Zimmer gehen wollte. Widerwillig bog Bastian ins Badezimmer ab. Warum mussten Mütter immer so furchtbar ordentlich und akkurat sein? Schlecht gelaunt sortierte der Junge die hastig zusammengestopften Dinge, die den Rucksack füllten. Ganz unten stießen seine Finger auf die Badehose, die er selbst dort verstaut hatte, bevor er zum See gelaufen war. Er holte das Stoffknäuel ans Licht und ging damit zum Waschbecken, um rasch die Spermaflecken auszuspülen, die an das erinnerten, was heute Nachmittag geschehen war.

Als er den Stoff auseinander faltete, fiel plötzlich etwas Dunkles nach unten in das weiße Becken. Es hatte in seiner Hose gesteckt und machte sich nun selbständig. Bastian erschrak und machte sogar einen kleinen Satz rückwärts.

Mit nervös blinkenden Augen starrte er verständnislos auf das schwarze Knäuel, das als Fremdkörper in der leuchtend weißen Porzellanschüssel lag. Sein Kopf brauchte lange, sehr lange, bis er verstand, was er vor sich sah: Dort lag Onkel Roberts Badehose. Sie war fein säuberlich zusammengefaltet und aus Bastians Hose herausgefallen, die er selbst doch ganz unten im Rucksack verstaut, ja versteckt hatte. Und doch war die andere Badehose sorgfältig darin eingewickelt gewesen.

Bastians Herzschlag verdoppelte sich erneut, als er end-

lich die stumme Botschaft begriff, die der Rucksack schon die ganze Zeit für ihn bereitgehalten hatte.

Sein Onkel war eben ein schweigsamer Typ und nicht gerade geschickt im Umgang mit Worten; aber er wusste doch, was er wollte – und wie er es bekam.

Im Spiegel über den Waschbecken sah Bastian sein eigenes Gesicht: Es strahlte vor Aufregung und Erwartung. Langsam trat er näher und griff nach dem dunklen Stoff. Er war noch warm und feucht. Ohne zu zögern führte der Junge die Badehose an seine Nase. Feierlich, fast andächtig vergrub er sein Gesicht in dem auseinander gefalteten Stoff. Er atmete tief ein – und damit wurde alles wieder lebendig, was am Nachmittag geschehen war. Er spürte noch einmal den Männerschwanz in seiner Kehle; er fühlte die Härte und das Volumen dieses Kolbens, der ihn zwang, den Schnabel so weit aufzureißen, dass die dünne Haut in seinen Mundwinkeln zu reißen drohte und seine Kiefern schmerzten. Sogar der Geschmack von Onkel Roberts Sperma war in seinem Mund plötzlich wieder genauso stark wie in dem Moment, als er den klebrig-salzigen Saft zum ersten Mal auf seiner Zunge gespürt hatte.

«Es wird noch mal ein heißer Tag. Das müssen wir ausnutzen», flüsterte Bastian in den Stoff hinein.

Dann fiel sein Blick auf die kleine Uhr, die immer auf der Konsole unter dem Badezimmerspiegel stand. Der Sekundenzeiger rückte aufreizend langsam vor. Ihm standen endlos lange Stunden bevor, das wusste der Junge. Aber er wartete nicht umsonst.

Morgen würde ein heißer Tag werden. Ganz bestimmt.

Der kleine offene Vorraum lag ganz in der Sonne. Im oberen Drittel der Wand, über Tommys Kopf, verwitterten zwei vor langen Jahren auf den Putz gemalte Pfeile. Einer wies nach rechts, einer nach links. Über dem rechten Pfeil war in verblassten Buchstaben das Wort «Knaben» zu lesen, links stand «Männer».

Tommy ging nach links. Mit 16 gehörte man schließlich nicht mehr zu den Knaben.

Die Tür zum Umkleideraum stand wie immer halb offen und das Licht strömte herein, aber die gleißende Sonne draußen ließ den Raum doch dunkel erscheinen. Fenster gab es hier nicht, nur einige schmale Klappen hoch oben in den Wänden, deren Scheiben vor Schmutz starrten und nur wenig Licht durchließen. Die Luft war kühl, trotz der Hitze, die draußen flimmerte. Es roch nach Chlor und Feuchtigkeit.

Wie vieles in diesem alten, vernachlässigten Freibad war auch der Umkleideraum groß, aber völlig nutzlos. Dutzende von Männern hätten sich hier gleichzeitig umkleiden können, aber tatsächlich war dies ein fast vergessener Ort, den die meisten Besucher links liegen ließen und niemals betraten. Die Bänke rotteten langsam vor sich hin, die überflüssigen Kleiderhaken rosteten und einige waren schon heruntergefallen.

Eine halbhohe Zwischenwand trennte den langen Raum in zwei Teile. Der hintere Abschnitt war noch etwas dunk-

ler und feuchter als der vordere in der Nähe der Tür. Hier hinten gab es eine Reihe klappriger Metallschränke, in denen man seine Sache verschließen konnte, wenn man ein Vorhängeschloss mitbrachte.

Tommy lief eilig in diesen hinteren Teil. Die brüchigen Fußbodenkacheln waren so kalt unter seinen Fußsohlen, dass er o-beinig auf den Außenkanten der Füße zu laufen versuchte und froh war, als er eines der Gitter erreichte, die vor den Bänken lagen. Seine Füße hinterließen auf dem rissigen Holz dunkle feuchte Spuren.

Der Mann stand vor der letzten Bankreihe, in der Nähe der Schränke.

Seine Schuhe hatte er schon ausgezogen und er begann gerade, sein Hemd aufzuknöpfen. Er war groß, sehr groß sogar. Auf den ersten Blick wirkte er wie ein Mann in den Vierzigern, denn sein Kopf war über der Stirn ganz kahl, aber beim Näherkommen sah Tommy, dass dieser Eindruck täuschte: Das von der Sonne gebräunte Gesicht war das eines viel jüngeren Mannes. Trotz seiner Größe hielt er sich sehr gerade und er bewegte sich bedächtig, wie jemand, der es gewohnt ist, in allem sein eigenes Tempo zu haben. Seine Haare waren ganz kurz geschoren. Sie leuchteten heller als seine braune Haut und selbst seine Augenbrauen schienen das Sonnenlicht in sich aufgenommen zu haben und jetzt im Dunkeln wieder abzustrahlen.

Tommy murmelte eine Art Gruß und warf seine Sachen fast direkt neben die Tasche, die schon auf der Bank lag. Blitzschnell glitten die Augen des Jungen über die kräftigen Unterarme des Mannes. Sie schauten aus den aufgekrempelten Hemdärmeln hervor und waren sehr braun. Tommys Herz machte einen kleinen Satz, als er sah, wie die Handbewegungen des Mannes die Muskeln unter der Haut in Bewegung setzten. Starke Finger öffneten bedäch-

tig einen Knopf nach dem anderen. Unvermutet begann Tommy den Kopf wild hin und her zu schütteln, und dabei sprang er auch noch wie ein Derwisch auf und ab. Das Holzgitter klapperte unter seinen Sprüngen und die Wassertropfen aus seinem klatschnassen Haar flogen weit in alle Richtungen.

«Hey, hey», brummte der Mann mit tiefer Stimme, «pass doch auf! Wenn ich nass werden will, dann stell ich mich unter die Dusche.»

Tommy entschuldigte sich sofort.

«Tut mir leid. Ich hatte so viel Wasser im Ohr.»

Der Mann musterte den Jungen kurz und öffnete dabei den letzten Hemdknopf. Nur ein Funkeln in seinen hellen Augen verriet, dass er gar nicht böse war, denn sein Gesicht war ernst, fast streng. Der breite Mund mit einer schmalen Oberlippe, die auffällig starke Nase und die eng beieinander stehenden Augen unter der hohen, kahlen Stirn trugen dazu bei, dass er älter aussah, als er wirklich war.

«Ist schon okay», sagte er, «aber pass nächstes Mal besser auf, wenn du hier wieder so rumspritzt.» Er sprach leise, aber seine Stimme klang doch so, als könne sie jederzeit und ohne jede Mühe zu ohrenbetäubender Kraft anschwellen. Manche Lehrer sprachen so oder auch Polizisten.

Tommy nickte und griff dann in seinen Rucksack. Aus den Augenwinkeln sah er, wie der Mann das Hemd über seine breiten Schultern fallen ließ und es auszog. Darunter kam ein weit ausgeschnittenes Unterhemd zum Vorschein. Seine braune Haut und der leuchtend weiße Stoff kontrastierten stark. Erst jetzt registrierte Tommy, wie stark die Sonne die Haare auf den langen Armen des Mannes ausgeblichen hatte: Über der dunklen Haut schimmerte ein dichter Flaum von fast farblosen und hell leuchtenden Haaren.

Der Junge fand sein Handtuch und begann, sich den Kopf zu trocknen. Sein Gesicht verschwand in den Frot-

teefalten und seine Arme arbeiteten heftig. Für ein paar Sekunden sah er nur noch die Füße des Mannes, die unten aus den Hosenbeinen hervorschauten. Sie waren lang und schmal. Mehrere starke Adern liefen über die Knochen, die sich deutlich unter der Haut abzeichneten. Auch auf dem hochgewölbten Fußrücken und den langen Zehen wuchsen kleine Büschel dieser hellen Haare, die seine Arme bedeckten.

Tommy riss sich das Handtuch vom Kopf und sah, dass er beobachtet worden war: Der Mann hatte ihm zugesehen. Ihre Blicke trafen sich kurz, dann wandte der Mann schweigend und ruhig den Kopf.

Geschäftig ließ sich Tommy auf die Bank fallen. Das Handtuch wanderte nach unten auf seine Beine und dann auf seine Füße.

«Das Wasser ist sehr schön heute», plapperte er drauflos.

«Ah ja?», sagte der Mann gelangweilt. Er zog sich das Unterhemd über den Kopf und faltete es sorgfältig zusammen. Seine weite, muskulöse Brust und sein flacher Bauch leuchteten im halbdunklen Licht des Umkleideraums wie polierte Bronze. Anders als auf den Armen war sein Oberkörper fast unbehaart. Tommy überlegte, ob er sich vielleicht rasiert hatte und wollte fast schon danach fragen, ließ es dann aber doch. Der Mann sah nicht so aus, als würde er über so etwas reden.

Also schwatze Tommy einfach weiter.

«Ja, es ist ganz warm, aber doch noch richtig frisch», sagte er munter. «Heute bin ich vom Fünfer und zweimal auch vom Zehner gesprungen. Das war geil.»

Der Mann legte das Unterhemd in seine Tasche, richtete sich wieder auf und kratzte sich geistesabwesend auf seiner breiten Brust, direkt über einer der Brustwarzen.

«Was du nicht sagst» murmelte er. Sein Atem ging ganz ruhig. Tommys Blick entdeckte ein feines Band goldener

Haare auf der straff gespannten Bauchdecke des Mannes und wanderte daran entlang nach unten, in Richtung auf den Hosenbund. Die Welle hell schimmernder Haare verschwand unter dem dunklen Stoff, ging aber mit Sicherheit darunter noch weiter. Unwillkürlich leckte sich der Junge die Lippen.

«Hoffentlich ist deine Badehose oben geblieben», sagte der Mann ruhig.

«Was?» Tommy sah erstaunt auf. «Was meinen Sie?»

Der Mann griff an seinen Gürtel und öffnete ihn langsam.

«Na, beim Springen», sagte er, während er Tommys fragend noch oben gewandtes Gesicht fixierte. «Wenn man die Badehose nicht richtig fest zubindet, hängt sie einem plötzlich an den Kniekehlen und man schwimmt mit nacktem Arsch. Manchmal ist sie auch ganz weg und liegt dann irgendwo unten am Boden. Natürlich passiert das nur beim Kopfsprung. Sonst nicht. Ist ja logisch.»

Seine starken Finger zogen den Reißverschluss der Hose nach unten; dann öffnete er den Knopf im Bund.

«Und du?», fragte der Mann im ruhigen Ton, «machst du einen Kopfsprung? Oder kannst du nur die Arschbombe?»

Tommy lachte.

«Natürlich kann ich den Kopfsprung. Jedenfalls vom Fünfer. Hab ich heute auch gemacht.»

Der Mann ließ seine Hose nach unten auf die Füße fallen und stieg dann aus dem faltigen Stoffhaufen, der auf dem Holzgitter lag. Er hatte lange, starke Beine, die genauso braungebrannt waren wie seine Brust und auf denen noch mehr von diesen hell leuchtenden Haaren wuchsen. Jetzt trug er nur noch eine knapp geschnittene schwarze Unterhose mit sehr breitem Bund, auf dem irgendein Markenname stand. Tommy ignorierte den aufdringlichen Schriftzug. Er beobachtete viel lieber das Spiel der Muskeln in den Armen des Mannes und auf seinem breiten Rücken, als der

sich bückte, die Hose aufhob und sie langsam und methodisch zusammenlegte.

«Und ist alles gutgegangen?», fragte der Mann, während er die Hose in seiner Tasche verstaute. «Oder war die Hose weg und alle haben deinen nackten Arsch gesehen? Und deinen Schwanz?»

Er drehte sich zu Tommy um und sah ihn an. Die großen Hände hingen entspannt und ruhig neben seinen Hüften.

«Nein, nein - die ist oben geblieben», versicherte Tommy eifrig, «ich pass da schon auf und mach immer einen doppelten Knoten.» Er spürte ein Kribbeln im Magen - und auch an seinen Eiern, die sich plötzlich ganz klein anfühlten.

«Gut», sagte der Mann und schob dann langsam seine Unterhose über die Oberschenkel nach unten. Ein dichtes Gewirr von überraschend dunklen Schamhaaren wurde sichtbar; dann fiel sein Schwanz, den er auf der rechten Seite getragen hatte, entspannt nach unten und baumelte leicht auf und ab. Tommy konnte das gut sehen, denn der Mann hatte sich nur halb wieder zur Seite gewandt. Offensichtlich hatte er in der Sonne immer eine Hose getragen, denn zwischen seinen braunen Beinen und dem ähnlich dunklen Bauch leuchtete ein schmaler Streifen hellweißer Haut.

Ohne weiter auf den Jungen an seiner Seite zu achten, griff der Mann nach seiner Badehose.

Gleichzeitig stand Tommy auf. Er drehte sich um und griff nach den Bändern seiner Hose. Er zog daran - und nichts geschah. Er zog wieder - mit dem gleichen Resultat. Mit gebeugtem Kopf sah er genauer hin: Er hielt einen winzig klein zusammengezogenen Knoten in den Fingern, der nicht so aussah, als würde er jemals wieder aufgehen. Nervös nestelte er mit den Fingerspitzen an dem kleinen Knäuel, aber das machte alles nur noch schlimmer: Der Knoten

verdrehte und verwirrte sich noch stärker. Tommy war ratlos. Wie sollte er aus dieser Badehose herauskommen?

«Mist», murmelte der Mann neben ihm, «so ein Mist.»

Tommy sah ihn von der Seite aus an: Der Mann stand vor der Bank, hielt seine Badehose in der Hand und zog unwillig an ihr herum. Er war immer noch ganz nackt und sein Hintern leuchtete hell im schummrigen Licht des Umkleideraums.

«Was ist denn los?», fragte der Junge höflich.

«Das Band», knurrte der Mann genervt, «das eine Ende ist verschwunden. Es ist in den Saum gerutscht und ich krieg es nicht zu fassen. Wie soll ich da die Hose zubinden?»

Fast musste Tommy lachen, weil sie beide ein Problem mit der Badehose hatten.

Gut erzogen wie er war, bot er seine Hilfe an.

«Soll ich es mal versuchen?»

Der Mann sah ihn finster an.

«Du?», murmelte er und schien nachzudenken. Dann sagte er in etwas freundlicherem Ton:

«Okay, vielleicht geht das zu zweit besser.»

Er drehte sich wieder zu Tommy und streckte ihm die Badehose entgegen. Der Junge trat einen Schritt näher und griff nach dem Stoff, aber der Mann ließ die Hose nicht los, so als fürchte er, Tommy könne sich damit aus dem Staub machen. Er behielt sie in seinen Händen und sagte:

«Versuch mal, das Band nach vorn zu schieben.»

Notgedrungen kam Tommy ihm noch etwas näher. Streng, fast misstrauisch, sah der Mann auf die Finger der Jungen, die sich an dem Saum zu schaffen machten und versuchten, den verborgenen Faden zu bewegen. Erst jetzt bemerkte Tommy den breiten goldenen Ring an der linken Hand des Mannes. Der Junge schluckte nervös und das Kribbeln zwischen seinen Beinen wurde noch stärker.

In diesem Moment war der Umkleideraum sehr still. Der Lärm der Badenden draußen, im Schwimmbecken, und das gedämpfte Summen, zu dem die Gespräche und das Lachen der Menschen auf der Liegewiese verschmolzen, erreichten den Mann und den Jungen nur wie aus weiter Ferne. Im Schatten des dämmrigen Raums waren sie so allein wie auf einer einsamen Insel.

Beide beugten sie sich über die Badehose, die sie gemeinsam in den Händen hielten; beide schwiegen. Eine dicke Fliege brummte kurz orientierungslos durch den Raum, verschwand dann aber gleich wieder in Richtung auf das gleißende Sonnenlicht vor der Tür. Die Stille war absolut.

Tommy begann zu schwitzen. Er roch den Mann und spürte die Wärme seines Körpers. Für kurze Momente berührten sich ihre Finger. Der Stoff der Badehose strich leicht über Tommys Haut und kitzelte einer seiner Brustwarzen. Sie juckte, zog sich zusammen und wurde steif. Auch sein Schwanz wurde hart.

«Hast du ihn?», fragte der Mann leise, ohne den Blick von Tommys Fingern zu heben.

«Gleich ... gleich», murmelte der Junge. Sein Schwanz zuckte in der Badehose und wurde mit jeder Sekunde härter und dicker. Kleine Schweißperlen erschienen auf seiner Stirn.

Der Mann war die Ruhe selbst. Er atmete ganz gleichmäßig und er stand vor Tommy, als sei alles ganz normal.

Dabei spürte der Junge eine Bewegung, die das Gegenteil verriet.

Zuerst war es nur so etwas wie ein ganz schwacher Luftzug, der über die feinen Härchen an Tommys Bauchnabel strich, kaum mehr als ein Wirbel einzelner Moleküle, ein leichtes Zucken, das die Haut gar nicht direkt berührte, aber dann fuhr doch etwas über seinen Bauch, kurz und flüchtig. Weich und warm fühlte es sich an, für einen Sekunden-

bruchteil, dann verschwand es und war doch gleich wieder da, etwas höher jetzt und deutlicher zu spüren. Langsam, ganz langsam, arbeitete sich der weiche Druck an Tommys Bauch nach oben, in unregelmäßigen, leichten Sprüngen, die immer wieder auch einen Schritt zurückgingen, um dann plötzlich doch noch weiter nach oben zu schnellen.

Der Junge schluckte. Der Mann vor ihm bekam einen Ständer – er bekam ganz eindeutig einen Riesenständer.

Tommy konnte den Schwanz zwar nicht sehen, weil sie so dicht beieinander standen und weil die Badehose ihm die Sicht versperrte, aber seine Haut sagte ihm doch alles so eindeutig, als sehe er eine Großaufnahme: Der Mann war geil. Sein Schwanz wuchs und wuchs, er richtete sich immer höher auf und jetzt lag schon ein erster feuchter Tropfen auf Tommys Haut, ein kleiner Tropfen kühler Flüssigkeit, der ihm eine Gänsehaut machte, die langsam den ganzen Bauch hoch wanderte … obwohl der Tropfen doch langsam nach unten strebte, in Richtung auf Tommys Badehose, in der sein eigener Schwanz steif und hart gegen den einengenden Stoff rebellierte.

Mit zitternden Fingern mühte sich der Junge weiter an seiner Aufgabe. Zögernd erschien der verrutschte Faden in der leeren Öffnung des Saums, wie eine kleine weiße Zunge in einem dunklen Mund.

«Da ist er», sagte der Mann ruhig und nüchtern. «Danke.»

Tommy Hände sanken nach unten und er fiel zurück auf die Bank, so als habe er sich bislang nur an dieser Badehose festgehalten.

Der Mann schien ihn vollständig vergessen zu haben. Er stand sehr aufrecht direkt neben Tommy und zog mit ruhigen Bewegungen weiter an dem Faden.

Sein Schwanz war absolut riesig und ganz steif. Tommys Blick blieb hungrig daran hängen. Unwahrscheinlicher Weise wies der dicke, schwere Riemen trotz seines Ge-

wichts steil nach oben. Ein Geflecht von einigen wenigen starken und vielen schwächeren bläulichen Adern pulsierte deutlich sichtbar unter der dunklen Haut. Die Eichel, die ganz frei lag, glänzte rötlich, und vorne, in dem kleinen Schlitz, erschien ein kleiner Tropfen heller Flüssigkeit.

Tommy starrte mit weitaufgerissenen Augen. Sein Mund stand leicht offen und er atmete schwer. Die Selbstverständlichkeit, die schweigsame Ruhe, die der Mann hatte, während er nackend dastand und seinen steifen Schwanz vorzeigte, nahm Tommy den Atem. Der Junge war kurz davor sofort abzuspritzen.

Plötzlich schien sich der Mann an ihn zu erinnern. Mit unbewegtem Gesicht hob er den Kopf und ihre Augen trafen sich. Der Mann warf die Badehose achtlos auf die Bank, rührte sich ansonsten aber nicht von der Stelle. Er schien die Situation zu genießen: Für einen Moment spielte ein kaum sichtbares Grinsen um seinen Mund, aber dann war er gleich wieder ganz ernst.

Tommy schluckte und fuhr sich mit der Zunge über die Lippen. Er blinzelte nervös - und dann stand der Mann auch schon direkt vor ihm. Wortlos und langsam, aber zugleich sehr bestimmt, schob er seinen dicken Schwanz in Tommys Mund.

Die Lippen des Jungen öffneten sich und seine Zunge begrüßte den Eindringling mit weichen, wirbelnden Bewegungen.

«Na also!», sagte der Mann leise und schob den harten Prügel noch tiefer in den Rachen des Jungen.

Tommy stöhnte leise. Allein der Kopf dieses Mammutriemens füllte seine Mundhöhle ganz und gar aus und drückte seine Zunge nach unten.

«Na also!», murmelte der Mann noch einmal und rammte mit einer herrischen Bewegung seiner Hüften noch ein paar Zentimeter Schwanz in Tommys Schlund.

Der Junge legte den Kopf ganz in den Nacken, atmete bewusst durch die Nase, und wartete aufgeregt auf den nächsten Stoß des Mannes. Als der kam, schob er seinen Kopf gleichzeitig nach vorn und ließ den ganzen langen, dicken Riemen vollständig, bis zum Anschlag, in seinen Mund und in seine Kehle fahren.

«Geil!», stöhnte der Mann. Seine Hände griffen nach Tommys Kopf und hielten ihn fest. Seine dicken, haarigen Eier klebten jetzt am Kinn des Jungen, sein flacher Bauch drückte gegen Tommys Nase, sein Schwanz pulsierte auf der Zunge des Jungen und der Vorsaft, der aus seiner Eichel floss, rann direkt in Tommys Speiseröhre.

«Wo hast du das gelernt, du kleines Luder?», flüsterte der Mann mit heiserer Stimme. «Du Schwanzlutscher! Du magst Schwänze, stimmt's? Mein Schwanz macht dich geil, ja? Ich wusste es gleich ... schon als du mir auf die Hose gestarrt hast. Was für ein hungriger Blick! Du willst Schwänze lutschen, stimmt's? Du willst meinen Schwanz! Und du bekommst ihn. Bis zum letzten Millimeter. Das garantier ich dir.»

Langsam setzte der Mann seine Hüften in Bewegung. Er hielt Tommys Kopf mit beiden Händen und schob seinen dicken Riemen in langen, tiefen Stößen immer wieder in den weitaufgerissenen Mund des Jungen. Zunächst war das Tempo noch gemächlich, aber schon nach kurzer Zeit beschleunigte der Mann seine Stöße. Sie wurden häufiger und stärker, fordernder und härter.

Tommys Zunge arbeitete wie wild: Sie wirbelte um diesen Rammbock, der immer wieder in seinen Schlund fuhr, und begleitete den langen Schaft auf der Fahrt durch seine Mundhöhle, bis er die Tiefen erreichte, die dahinter begannen. Tommy keuchte, prustete und verschluckte sich; sein Speichel rann ihm in Strömen über das Kinn und tropfte nach unten auf seine Brust, aber trotzdem riss er den Mund

immer noch weiter auf, trotzdem warf er seinen Kopf jedes Mal wie wild nach vorn, wenn der Mann erneut zustieß. Er konnte nicht genug bekommen von diesem Schwanz.

Seine Hände strichen über die starken Oberschenkel des Mannes. Sie fanden die beiden dicken Eier, die bei jedem Stoß, der in Tommys Mund fuhr, wild hin und her schaukelten.

«Oh ja», flüsterte der Mann, «spiel an meinen Eiern! Nimm sie dir!»

Der Junge streichelte den haarigen, faltigen Sack, aber der Mann war damit noch nicht zufrieden.

«Nimm sie!», befahl er, während das Tempo seiner Schwanzstöße noch einmal schneller wurde, «nimm meine Eier in die Hand. Halt sie fest! Ja, so! Zieh dran! Fester! Drück sie! Härter!»

Tommys Hand gehorchte. Er hielt die beiden empfindlichen Kugeln in der Faust, drückte sie und zog sie gleichzeitig nach unten, fast so, als versuche er sie abzureißen.

Dem Mann schien das zu gefallen. Er grunzte begeistert tief unten in der Kehle und fickte Tommys Maul mit wilder Rücksichtslosigkeit. Er schwitzte, seine breite Brust arbeitete heftig, seine Bewegungen wurden unkontrolliert und er keuchte immer lauter.

Er war offensichtlich kurz davor, abzuspritzen.

Tommy sperrte den Mund so weit auf, wie es irgend ging. Er hielt den Atem an und wartete gespannt auf den ersten Schuss.

Aber der Mann hatte noch eine Überraschung für ihn. Plötzlich trat er entschlossen einen kleinen Schritt zurück und sein harter, ganz und gar mit Tommys Speichel überzogener Schwanz rutschte mit einem feuchten Schmatzen aus dem gierig saugenden Mund des Jungen, der noch in der gleichen Sekunde einen unartikulierten protestieren-

den Laut ausstieß. Tommys Kopf schoss nach vorn. Mit offenem Mund versuchte er den zuckenden, schmierigen Riemen, der direkt vor seinem Gesicht auf und ab wippte, wieder einzufangen.

Die linke Hand des Mannes stoppte ihn. Sie umklammerte sein Kinn und hielt ihn auf Abstand. Gleichzeitig griff der Mann mit der rechten Hand nach seinem Schwanz. Er begann wild und heftig zu wichsen. Verwirrt sah Tommy nach oben.

Die Augen des Mannes waren glasig; sein Mund stand offen und seine breite Brust hob und senkte sich so heftig wie bei einem Athleten, der zum Endspurt ansetzt.

«Mach den Mund auf! Los! Mach ihn auf!», keuchte er. Er sprach immer noch leise, aber der Befehlston war doch eindringlicher, als wenn er laut geschrien hätte. «Streck die Zunge raus. Streck sie raus! Ich will deine Zunge sehen.»

Wieder gehorchte Tommy. Sein Blick hing an den hell leuchtenden Augen des Mannes.

«Ja, so!», flüsterte der Mann, als Tommys Mund sich bereitwillig öffnete und die feucht glänzende Zunge nach vorne schoss, bis sie ganz weit über die Lippen hinausragte. «Genau so! So ist es gut! Denn gleich ... gleich, mein Junge ... gleich spritz ich dir ins Maul ... und auf die Zunge! Direkt auf die Zunge! Ich will das sehen!!»

Der Mann stand breitbeinig, mit vorgeschobenen Hüften, vor Tommy und wichste wie ein Besessener. Sein Riemen schien immer noch zu wachsen. Der dicke Schwanzkopf war jetzt feuerrot und glänzte wie poliert.

Wie von selbst streckte sich Tommys Zunge immer weiter nach vorn. Er hielt sie flach und wartete mit keuchendem Atem. Sein Speichel rann nach unten und sammelte sich in großen Tropfen an der Spitze der Zunge.

«Ja!», wisperte der Mann und sein Blick bohrte sich in Tommys Augen, «ja ... reiß das Maul auf, Junge ... ja ...

reiß es auf … denn jetzt … jetzt … jetzt kriegst du meinen Saft!»

Er grinste triumphierend, hielt die Luft an, erstarrte für eine Sekunde zu einem bedrohlich hoch aufgetürmten Berg harter Muskeln – und mit einem unterdrückten Schrei spritzte er sein Sperma direkt auf Tommys weit ausgestreckte Zunge.

Der erste Schuss traf genau sein Ziel. Tommys Zunge verschwand fast ganz unter der leuchtend weißen, zähen Flüssigkeit, die aus dem schmalen Schlitz in der Eichel des Mannes hervorschoss. Reflexartig zog der Junge seine Zunge zurück. Sie verschwand zwischen seinen Lippen und er schluckte den salzigen Saft mit begeistertem Schmatzen.

Fast gleichzeitig jagte schon die nächste Spermaladung aus dem wild zuckenden Schwanz. Sie traf Tommys geschlossenen Mund und überzog sein Kinn mit zahllosen großen Tropfen. Der Mann keuchte und stöhnte und wichste immer weiter. Der dritte und vierte Schuss trafen wieder Tommys Zunge, die sich auch diesem Batzen weit entgegenstreckte, um das Sperma dann sofort in seinen gierig schluckenden Schlund zu schaufeln.

Der Rest der gewaltigen Ladung landete dann direkt in Tommys Mund: Als er sah, dass seine Eruptionen langsam an Kraft und Explosivität verloren, ließ der Mann den Kopf des Jungen los und duldete es, dass Tommys Lippen nach dem immer noch harten, immer noch mehr Saft absondernden Schwanz schnappten und sich begeistert über dessen dicken Kopf stülpten und ihn festhielten, als wollten sie ihn nie wieder freigeben. Der Mann brummte befriedigt und sah mit glasigen Augen zu, wie der Junge auf der Bank vor ihm mit nicht nachlassender Begeisterung an seinem Schwanz leckte und saugte und lutschte, um alles, aber auch wirklich alles, aus ihm heraus zu pumpen, was seine

dicken Eier zu bieten hatten, um es dann langsam und genüsslich hinunter zu schlucken.

Schließlich stieß der Mann Tommy zurück. Sein immer noch halb steifer Schwanz rutschte zum zweiten Mal mit einem feuchten Schmatzen aus dem Mund des Jungen. Tommy fiel nach hinten auf die Bank und rutschte noch in der gleichen Sekunde entkräftet zur Seite. Halb liegend starrte er den Mann an, der riesig und stark vor ihm aufragte. Dessen Schwanz senkte sich langsam nach unten, wie ein schwerer Baumstamm, der in Zeitlupe zu Boden fällt. Selbst in diesem Zustand war er immer noch fast beängstigend dick. Tommy konnte gar nicht glauben, dass dieser Riemen ganz und gar in seinem Mund und in seiner Kehle gesteckt hatte.

Einen Moment stand der Mann ganz still und sah in Richtung auf den Eingang, dorthin, wo das Sonnenlicht gleißend hell in den schattigen Raum strahlte. Dann fiel sein Blick nach unten auf die Bank und auf den Jungen, der dort halb ausgesteckt lag und immer noch nach Luft rang.

Tommy zitterte, als er die kühlen Augen des Mannes auf sich spürte und sah, wie sie langsam von seinem Gesicht und seinem heftig arbeitenden Oberkörper nach unten wanderten, zu seinem Schwanz, der hart und steif in seiner Badehose zuckte. Ohne ihm wieder ins Gesicht zu sehen, griff der Mann nach unten und nur einen Moment später lag Tommy lang ausgestreckt und ganz nackt auf der Bank, obwohl seine Hose doch diesen komplizierten Doppelknoten gehabt hatte.

Aber er hatte keine Zeit, sich über die Geschicklichkeit des Mannes zu wundern, denn der kniete plötzlich vor ihm auf dem Boden und griff mit einer Hand nach Tommys steifem Schwanz. Der Junge stöhnte leise und schob die Hüften nach oben, um seinen harten Riemen in die ge-

schlossene Hand des Mannes zu stoßen, aber der wusste genau, wie geil Tommy war und wie wenig es brauchen würde, um ihn jetzt zum Abspritzen zu bringen. Also hielt er den Schwanz des Jungen nur ganz leicht, ohne jeden Druck, zwischen den Fingern, denn er hatte noch etwas anderes mit dem Jungen vor.

Die zweite Hand des Mannes wanderte nach unten, zwischen Tommys Beine und zwang sie auseinander und nach oben, bis der Hintern des Jungen frei in der Luft hing.

In dieser Sekunde erst sah der Mann Tommy wieder ins Gesicht. Sein seltsam starrer Blick hielt die Augen des Jungen unverwandt fest – und gleichzeitig schob er einen Finger in Tommys Arschloch.

Die Bewegung war genauso herrisch und bestimmt wie vorhin, als er seinen Schwanz zwischen die Lippen des Jungen geschoben hatte, und genau wie in jenem Moment stöhnte Tommy wieder hingebungsvoll, während er den Mann anstarrte, dessen langer Zeigefinger in einem Rutsch tief in seinen Hintern eindrang.

«Ich wusste es», sagte der Mann leise, ohne den Blick von Tommys Gesicht zu wenden. Tommy zitterte wie Espenlaub und sein Atem ging noch unregelmäßiger als zuvor.

«Wer war da drin?», sagte der Mann in diesem ruhigen, fast kalten Ton, den alle seine Sätze hatten, während sein Mittelfinger langsam, aber unaufhaltsam den gleichen Weg ging wie eben erst der Zeigefinger.

«Wer hat dich gefickt? Mmhh?», fragte er, als beide Finger bis zum Knöchel in Tommys Hintern steckten. Er spreizte sie leicht auseinander, drehte sie, und begann dann nach vorne zu stoßen, so als wäre es möglich, auf diese Weise noch tiefer in den Jungen hineinzukommen, und gleichzeitig redete er immer weiter:

«Du bist gerade erst gebumst worden, stimmt's? Du kannst mir nichts vormachen, Junge. Ich weiß, wie sich ein

frisch geficktes Arschloch anfühlt. Genau wie das hier. So weich und schlüpfrig ... das ganze Sperma noch drin ... das kann noch nicht lange her sein. Also wer war's? Der Bademeister hier? Fickt er dich immer als erster, bevor du auf die Jagd gehst? Oder war es einer deiner Lehrer? Dein Sportlehrer vielleicht, nach der Sportstunde? Nimmt er dich in der Pause in der Abstellkammer ran, hinten in der dunklen Ecke, auf den gestapelten Matratzen, und hält er dir den Mund zu, während er dich durchrammelt, damit keiner aus deiner Klasse hört, wie du stöhnst und jammerst, weil du so geil auf seinen Schwanz bist?»

Tommy ließ den Mann reden. Er griff mit einer Hand nach unten, zwischen dessen Beine. Wie erwartet, fanden seine Finger einen knallharten, voll ausgefahrenen Schwanz, der vorne an der Spitze schon wieder ganz feucht war. Vielleicht war es aber auch der letzte Rest der Spermaladung, die der Mann eben verspritzt hatte, die Tommy da spürte. Langsam schmierte der Junge den klebrigen Saft über die dicke Eichel, die unter dieser Berührung weiter anschwoll und noch härter wurde.

Und dann ging alles ganz schnell, so als hätten die beiden die nötigen Bewegungen schon oft geübt. Tommys Beine lagen plötzlich auf den breiten Schultern des Mannes, der kniete auf der Bank, der Arsch des Jungen schwebte frei in der Luft – und die beiden bewegten sich aufeinander zu. Der Mann stieß nach vorn, Tommy drückte die Hüften nach oben, sein enger Muskelring traf auf eine dicke, schlüpfrige Eichel, für eine Sekunde erstarrten sie beide, als müssten sie neue Kraft sammeln. Dann brach der harte Riemen den engen Ring auf, der weitete sich, griff nach dem dicken Schwanz und zog ihn wie von selbst in sich hinein. Der Mann keuchte und verstärkte den Druck seiner Hüften, der Junge gab leise einen wimmernden Laut von sich, seufzte, und ließ sich nehmen. Der Mann stieß zu und sein

Schwanz rutschte immer tiefer in den Jungen hinein, füllte ihn aus und weitete sein Arschloch, bis beide Körper so eng aneinander lagen und so tief miteinander verbunden waren, dass keine Kraft der Welt sie wieder auseinander gebracht hätte.

Der Fick selbst war nur kurz.

Tommy klammerte sich an den breiten Rücken des Mannes und stieß jedes Mal einen kleinen Schrei aus, wenn der nächste harte Stoß in seinen willigen Hintern fuhr; der Mann kniff die Augen zu und fickte den Jungen hart, schnell und rücksichtslos. Sie wussten beide, wie gedankenlos sie waren; sie fürchteten sich und spürten, wie der Gedanke, dass jederzeit jemand in den Umkleideraum kommen konnte, ihre Geilheit weiter wachsen ließ. Sie fickten nur kurz und kamen doch absolut gleichzeitig zu einem wilden Orgasmus, der ganz plötzlich kam und fast wehtat, aber dann abrupt endete, so als habe nun alle Kraft ihre Körper verlassen. Keuchend spritze der Mann seinen Saft in Tommys Arschloch, wobei ihm fast schwarz vor Augen wurde; der Junge kam ganz von allein, ohne dass er selbst oder der Mann seinen Schwanz berührte, genau in dem Moment, in dem er den Orgasmus des Mannes spürte, und er schoss sein Sperma zwischen ihre beiden eng aneinander geklammerten, schwitzenden Körper.

Gleich darauf fielen sie auseinander wie Teile einer Maschine, die endgültig und irreparabel zerbricht. Tommy blieb bewegungslos auf der Bank liegen; der Mann aber stieg so rasch es ging in seine Badehose und griff nach seinen Sachen. Er wandte sich ab und fast sah es so aus, als würde er sich ohne jedes weitere Wort davonstehlen.

Aber dann, nach ein paar Schritten auf dem klappernden Holzgitter, blieb er doch stehen. Er drehte sich um und sah Tommy an, nun wieder ganz kühl und so als sei nichts geschehen. Nur der schwere Riemen, der seine Badehose immer

noch erheblich ausbeulte, verriet, dass es anders war. Für einen Moment betrachteten die beiden einander stumm.

«Bist du öfters hier?», fragte der Mann dann unvermittelt.

«Wenn die Sonne scheint, eigentlich jeden Tag um diese Zeit», sagte Tommy. Seine rechte Hand glitt durch den tiefen Sperma-See, der seinen Bauchnabel ausfüllte und schmierte den klebrigen Saft dann mit dem Zeigefinger langsam nach oben über seine Brust. Ihm fiel ein, dass er noch nicht einmal den Namen des Mannes kannte, der ihn gerade zweimal kurz nacheinander vollgespritzt hatte, aber er wusste instinktiv, dass sich hier jede Frage verbot.

Der Mann nickte bedächtig, so als habe er von Tommy gerade eine sehr gewichtige und genau zu bedenkende Information erhalten.

«So, so», sagte er langsam und seine Stimme war dabei tiefer und bestimmter als je zuvor.

Tommy unterdrückte ein Grinsen, als er sah, dass die Bewegungen seines Fingers die Aufmerksamkeit des Mannes gefunden hatten. Spielerisch rieb er Sperma über seine rechte Brustwarze und gleichzeitig ließ er die Beine weit auseinanderfallen. Der Mann schluckte deutlich hörbar, als sein Blick auf den schon wieder halbsteifen Schwanz des Jungen und auf die kleinen Eier fiel, die direkt darunter saßen. Kurz dachte Tommy, er könne noch eine dritte Runde initiieren, aber dann ging plötzlich doch ein Ruck der Selbstkontrolle durch den langen Körper des Mannes.

«Gut zu wissen … gut zu wissen», sagte er betont ruhig.

Und damit drehte er sich um und ging langsam auf das gleißende Rechteck zu, das ins Freie führte. Tommy sah ihm nach, bis ihn die Sonnenstrahlen verschluckt hatten.

Dann griff auch er nach seiner Badehose und stieg unter Schwierigkeiten hinein, denn der doppelte Knoten war im-

mer noch nicht geöffnet. Auf leichten Füßen lief er rasch ins Freie, denn plötzlich war ihm kalt.

Die Sonne tat ihm gut. Er blinzelte in das Licht und ging unentschlossen ein paar Schritte in Richtung auf die große Liegewiese vor den Schwimmbecken. Am Ende des Wegs, dort, wo der Rasen begann, blieb er stehen und genoss den brennenden Druck des Sonnenlichts auf seinen Schultern. Die Kälte, die er eben noch gespürt hatte, verschwand.

In einiger Entfernung sah er den Mann, der ihn gerade gefickt und kurz davor seinen Saft in Tommys Mund gespritzt hatte: Er legte sich zu einer Frau mit breiten Hüften, die den Mund verzog und den Kopf wegdrehte, als der Mann sein Handtuch neben ihr ausbreitete. Grinsend beobachtete Tommy, wie der Mann begann, auf die Frau einzureden. Bestimmt hatte er eine gute Erklärung parat, warum er so lange im Umkleideraum geblieben war.

Aber eigentlich interessierte sich Tommy nicht mehr für den Mann. Jetzt, wo ihm wieder warm war, wollte er wissen, wie es weiterging.

Langsam schlenderte der Junge zu seinem üblichen Platz. Hier hatte man die beste Sicht auf den Weg zu den Umkleideräumen. Er legte sich in die Sonne, aber die Augen schloss er nicht.

Und er musste wirklich nicht lange warten.

Er erkannte die Männer an ihrem Gang, der langsam war, schlendernd, aber dabei doch zielstrebig, und er erkannte sie an ihren Blicken, diesen suchenden, witternden Blicken in die Runde, die fragend waren und zugleich auch herausfordernd. Er sah einen jungen Mann im Anzug, Anfang Zwanzig vielleicht, aber konservativ korrekt gekleidet. Offensichtlich kam er direkt aus dem Büro. Im Näherkommen zog er sein Jackett aus und trug es dann unter

dem Arm. Die Krawatte hing aufgeknotet rechts und links über dem blütenweißen Hemd, und mit der freien Hand öffnete der Mann gerade einen Hemdknopf nach dem anderen. Eine dichte Matte schwarzer Haar guckte oben am Kragen hervor, denn ein Unterhemd trug der Mann nicht. Im Gehen, während seine Augen suchend umherwanderten, zog er schließlich die Hemdschöße aus der Hose. Auch sein flacher Bauch war stark behaart. Auf merkwürdige Weise sah der Mann mit dem offenen Hemd und dem lose herabbaumelnden Schlips fast nackt aus. Seine betont seriöse Hose mit Bügelfalte änderte daran nichts. Tommy bemerkte sofort, dass der Mann weitgeschnittene Boxershorts trug: Bei jedem Schritt sah man unter dem dunklen Stoff der Hose die Bewegungen eines schwer nach unten hängenden Glieds. Die Schatten, die das harte Licht der Sonne warf, zeichneten deutlich sichtbar die Umrisse eines dicken Schwanzkopfs nach. Unwillkürlich fuhr sich der Junge mit der Zunge über die Lippen.

Tommy wartete, bis der Mann im Umkleideraum verschwunden war. Er war nicht bemerkt worden, da war er sich sicher, denn sein Beobachtungsposten lag gut versteckt.

Eilig machte sich Tommy auf den Weg. Ein kurzer Sprung unter die Dusche – und schon war er wieder nass. Bevor er aus dem Sonnenlicht in den dunklen Raum trat, kontrollierte er noch einmal den Doppelknoten an seiner Badehose. Er sah perfekt aus.

Tommy grinste, als er die rauen Holzlatten im hinteren Teil des Raums wieder unter den Füssen spürte. Der Mann zog gerade die Hose aus und die Boxershorts fielen gleich mit nach unten. Hemd, Schlips und das Sakko hingen bereits an einem Kleiderhaken. Der Junge lief auf den Mann zu und warf seine Sachen auf die Bank. Mit einem Blick registrierte Tommy überrascht, wie stark der junge Mann

war. Er war nicht besonders groß, ja fast etwas klein, aber seine Schultern und Arme waren ein sorgfältig perfektioniertes System enorm entwickelter Muskeln. Die dicke Matte schwarzer Haare auf Bauch und Brust ließ ihn noch männlicher wirken. Jetzt sah er überhaupt nicht mehr wie jemand aus, der aus dem Büro kam.

Der Junge leckte sich die Lippen und grinste noch breiter. «Vier» - diese Zahl spukte dabei in seinem Kopf herum. Wortlos wiederholte er sie immer wieder, als sei das ein Zauberwort voll geheimnisvoller Kraft, «vier, vier ...»

Als Tommy sich schüttelte und die Wassertropfen aus seinem Haar durch den Raum flogen, drehte der Mann sich ganz zu ihm um. Sein Schwanz lag dick und massig auf ungewöhnlich großen und runden Eiern. Der Mann hatte die beiden fetten Kugeln und seinen Schritt rasiert - und das stand im scharfen Kontrast zu der Flut schwarzer Haare, die seinen Körper weiter oben bedeckte und auf seinen starken Beinen wieder erschien.

«Na, nicht so stürmisch, junger Mann ...», brummte er freundlich, während er einen Schritt zurücktrat, um nicht weiter nass zu werden. Einige Wassertropfen, die Tommy abgeschüttelt hatte, hingen funkelnd in dem dichten Haarpelz, der die starken Brustmuskeln des Mannes verbarg. Der Junge entschuldigte sich umständlich, aber die Zahl «Vier» geisterte immer noch durch seine Gedanken.

Drei Männer hatte er an diesem Nachmittag schon gehabt und einen davon gleich zweimal. Drei Männer - das was ein Rekord, denn es war noch nicht einmal vier Uhr und die besten Chancen hatte man hier in diesem Freibad eigentlich immer erst ab fünf oder sechs, wenn die Familien nach Hause gingen. «Vier!», dachte Tommy noch einmal, während er aus dem Augenwinkel beobachtete, wie der Mann in seiner Tasche zu kramen begann. Er hatte offensichtlich überhaupt keine Eile, seine Badehose anzuziehen

und drehte sich auch nicht von Tommy weg. Eher stand er so, dass sein Schwanz für den Jungen gut zu sehen war.

Als der Mann aufsah, trafen sich ihre Augen. Tommy lächelte ihn an und wartete einen Moment, aber der Mann grinste nur unsicher und suchte offensichtlich ohne Erfolg nach Worten. Er richtete sich langsam auf und kratzte sich kurz am Sack. Nervös sprang sein Blick von Tommy weg, in Richtung auf die Tür.

Die Hände des Jungen wanderten zu seiner Badehose und machten sich an dem Knoten zu schaffen. Eben, bei dem großen Kerl mit der Halbglatze, war zwar alles anders abgelaufen, aber normalerweise war die Geschichte mit der Badehose eine gute Sache. Nach Tommys Erfahrung brauchten die meisten Männer eine ziemlich deutliche Einladung – und dafür war der Knoten, der nicht von selbst aufgehen wollte, genau richtig. Gerade auch, weil die Männer dachten, der Junge, der sie da um ihre Hilfe bat, habe eigentlich zuerst wirklich gar nichts anderes im Sinn.

Schon kurz darauf saß der stark behaarte junge Mann breitbeinig auf der Holzbank. Seine Badehose lag unbeachtet neben ihm. «Na, komm mal her», sagte er kumpelhaft zu Tommy, der gerade sein Dilemma geschildert hatte. «Ich guck mal, was sich da machen lässt.»

Der Junge trat zwischen die Beine des Mannes. Sie schlossen sich langsam und nahmen seine Schenkel in einen spielerisch leichten Griff. Eine Gänsehaut lief über Tommys Rücken und seine Beine zitterten leicht. Der Mann griff nach dem komplizierten Knoten der Badehose und begann ungeschickt daran herumzuziehen. Seine behaarten Handrücken und seine Knöchel strichen dabei wie zufällig immer wieder leicht über Tommys nackten Bauch. Gleichzeitig verstärkte sich der Druck seiner muskulösen Schenkel.

Der Junge schloss die Augen und legte den Kopf in den Nacken. Seine Erektion wuchs auch diesmal wieder leicht

und wie von selbst, obwohl er doch in den letzten anderthalb Stunden schon dreimal äußerst heftig abgespritzt hatte.

«Vier», wiederholte er dabei in seinem Kopf, «vier».

Dieser Mann war auf jeden Fall heute für ihn die Nummer Vier. Das war schon klar. Nur was genau passieren würde, das musste sich noch zeigen. Für Tommy waren diese Momente, in denen dafür die Weichen gestellt wurden, immer am aufregendsten.

Ungeduldig zerrte der Mann am Saum von Tommys Badehose. Der Schwanz des Jungen sprang sofort steil nach oben und guckte straff und steif aus der Hose hervor.

«Hoppla», brummte der Mann leise, «was haben wir denn da?»

Wie immer war Tommy in seiner Rolle als verwirrter, unschuldiger Junge besonders gut.

«Ich … ich … weiß gar nicht», stammelte er, «wieso … wieso das passiert. Entschuldigen Sie bitte! Bitte!»

Er wurde sogar rot. Der Mann registrierte es mit einem beruhigenden Grinsen.

«Keine Panik, mein Junge … das kann vorkommen …», sagte er leise und fuhr gleichzeitig, ohne hinzusehen, mit seinem Daumen ganz leicht und wie zufällig über die Unterseite von Tommys Schwanzkopf. Als der Junge nur noch stärker zitterte, sich aber ansonsten nicht vom Fleck rührte, sprach der Mann langsam weiter.

«Und ich weiß, was da zu tun ist», flüsterte er mit rauer Stimme, während seine Finger wundersamer Weise plötzlich den verdrehten Knoten aufzogen. Tommys Badehose fiel nach unten auf seine Füße und blieb dort liegen.

«Nur keine Panik », wiederholte der Mann – und dann sank er vor dem nackten Jungen auf die Knie. Er sah immer noch zu ihm hoch und öffnete mit zeremonieller Langsamkeit den breiten Mund. Ohne den Blick von Tommys

Gesicht abzuwenden, verschlang er mit einem zufriedenen Grunzen auf einen Schlag nicht nur den steifen Schwanz des Jungen, sondern gleich auch noch dessen Eier, die in ihrem straff zusammengezogenen Sack direkt unter dem harten Riemen saßen.

Tommy stöhnte und keuchte, tat aber doch kurz der Form halber noch so, als versuche er, den Mann zurückzustoßen, der da so gierig an seinem Schwanz saugte und seine Eier so begeistert mit der Zunge bearbeitete. Als schauspielerische Leistung war dies für den Jungen der schwierigste Teil, denn eigentlich hätte er sofort in die feuchte Wärme spritzen können, die seinen harten Riemen so weich umfing und festhielt.

Dann fiel sein Blick nach unten, auf den steifen Schwanz, der zwischen den weit gespreizten muskulösen Schenkeln des jungen Mannes senkrecht nach oben ragte. Tommy schluckte, als er sah, wie dick dieser Riemen war. Er war nicht besonders lang, aber dicker als der Griff des schweren Vorschlaghammers, mit dem sein Vater die Zaunpfähle im Garten in den Boden rammte.

Tommy hatte noch nie einen so dicken Schwanz gesehen. Dagegen hatte selbst der Mann mit der Halbglatze noch einen normalen Riemen. Tommys Arschloch juckte und zog sich wie von selbst zusammen. Nervös schluckte der Junge noch einmal, aber sein Plan stand doch fest: Er wollte auch von diesem Mann gefickt werden.

Er würde die Nummer Vier schon dazu kriegen – und sein Arschloch war ja inzwischen gut vorbereitet. Heute würde selbst dieser unglaublich dicke Riemen so leicht in ihn hineinfahren wie ein Messer in warme Butter.

«Früh übt sich, wer ein Meister werden will» – das war schließlich Tommys Motto. Und heute hatte er seine Meisterprüfung.

Der Gedanke machte ihn geil, noch geiler, als er es oh-

nehin schon war. Langsam wanderte sein Blick zurück zu der Stelle, wo sein Schwanz und seine Eier zwischen den weit auseinander gerissenen Lippen des Mannes feststeckten. Tommy sah dessen kurzgeschorenen Haare, die Stirn, die geschlossenen Augen und die breite Nase; alles andere fühlte er nur. Er fühlte die leicht raue Zunge, die seine Eier umschmeichelte und sie spielerisch hin und her schob, den gierigen, rhythmisch an- und abschwellenden Sog, den der Mann mit seinem breiten Maul erzeugte und der Tommys Schwanz immer stärker aufpumpte, die feuchtwarme Spucke, die diesen Mund füllte und wie Öl auf der Haut des Jungen klebte.

Plötzlich sah ihn der Mann wieder von unten an. Seine Augen waren tiefschwarz und sie glänzten wie poliert. Tommys Blick verlor sich in ihnen - und dann kam er. Sein Orgasmus war stark und lang, aber doch merkwürdig leicht und entspannt, ganz ohne die kleine Prise Schmerz, die er sonst beim Abspritzen spürte. Sein Sperma schoss aus ihm heraus wie schweres, nur träge fließendes Wasser, und der Mann trank die klebrige Flüssigkeit gierig in kleinen hektischen Schlücken, die seinen Adamapfel in heftige Bewegungen versetzten. Gleichzeitig rotierte seine Zunge immer schneller um Tommys Eier, so als wolle er sicherstellen, auch ja noch den allerletzten Tropfen aus ihnen heraus zu locken.

Tommy ließ den Mann genüsslich gewähren, bis sein Orgasmus langsam abflaute. Als sein Sperma nur noch langsam floss, machte er sich frei. Der vor ihm kniende Mann leckte sich schmatzend die Lippen und flüsterte heiser: «Du schmeckst so gut! Mann, schmeckst du gut!» Dabei hing sein Blick bewundernd an Tommys glitschig nassem Riemen, der wenig bis gar nichts von seiner Steifheit eingebüsst hatte.

Rasch machte sich der Junge ans Werk. Während der Mann sich immer noch mit geschlossenen Augen den Mund leckte, ließ Tommy seinen Körper schon nach unten sinken. Er stand ja genau richtig. Er musste nur so eine Art tiefe Kniebeuge machen. Sein Schwanz, der sich jetzt doch etwas gesenkt hatte, zeichnete dabei eine glitzernde Spur von Sperma und Spucke auf den dichten Haarpelz, der die starken Brustmuskeln des Mannes unter sich verbarg.

Der Mann spürte die Bewegung und das feuchte Band, das sich auf seine Brusthaare legte. Er öffnete blinzelnd die Augen und zog scharf die Luft ein, als er verstand, was der Junge vorhatte.

«Meinst du …?», stammelte der Mann aufgeregt, «meinst du, du kannst das? Geht das? Mein Schwanz … mein Schwanz ist …»

Weiter kam er nicht. Er ließ den Satz unvollendet und warf den Kopf weit nach hinten in den Nacken, als Tommys Arschloch sich langsam, aber doch sehr bestimmt und unerschrocken über die dicke Schwanzspitze stülpte und dann ruhig, langsam, ganz langsam, wie in Zeitlupe, weiter nach unten rutschte.

«Geil! Mann, ist das geil!!», flüsterte der Mann und sein Riemen zuckte dabei so stark in Tommys Hintern, dass der Junge dachte, er werde gleich in zwei Teile zerrissen.

Schweiß trat auf Tommys Stirn. Das war wirklich der dickste Schwanz, den er jemals in sich drin gehabt hatte.

«Geil!», dachte der Junge. «So geil!»

Langsam setzte er sich ganz tief nach unten. Er kämpfte, er schluckte und hielt die Luft an, er schwitzte stärker und stöhnte, er biss sich auf die Lippen und kniff die Augen zusammen, aber sein eigenes Gewicht zog ihn verlässlich immer weiter nach unten – bis der fette Riemen wirklich ganz bis zum Anschlag in ihm drin war. Der Mann keuchte wie jemand, der gerade einen heftigen Stoß in die Ma-

gengrube bekommen hat. Tommy warf seinen Oberkörper nach hinten. Für eine Sekunde geriet er aus dem Gleichgewicht, weil seine Beine den Bodenkontakt verloren, aber sein Arsch hielt den heftig pulsierenden Schwanz fest im Griff - und dann fand der Junge die richtige Position. Sein Körper bildete nun eine Brücke, die er selbst rasch und ganz nach Belieben heben und senken konnte. Oben auf seinem Bauch wippte steif und hart sein eigener Schwanz, der schon wieder einen steten Strom von Vorsaft absonderte; unten bohrte sich dieser fette Männerriemen so tief in ihn hinein, dass die Spitze fast seinen Magen zu erreichen schien.

Mit einem triumphierenden Grinsen ließ Tommy seinen Kopf noch tiefer sinken - und dann begann er, sich selbst mit diesem Monsterschwanz zu ficken.

«Vier!», dachte er noch einmal. Dabei wusste er, dass es mit dem fünften Mann bestimmt noch geiler werden würde.

Die Wohnungstür war angelehnt - wie abgesprochen.

Nick trat rasch über die Schwelle und schloss die Tür mit dem vereinbarten energischen Stoß. Der Lärm hallte stärker, als er es erwartet hatte, und so zuckte er selbst zusammen.

Überhaupt war er plötzlich ziemlich aufgeregt.

Dennoch begann er sofort sich auszuziehen.

Hemd und Hose landeten einfach auf dem Boden. Langsam beruhigte sich sein Atem. Als er die Boxershorts auf die Füße fallen ließ, sich davon frei machte, und dann ganz nackt in der fremden, halbdunklen Wohnung stand, begann er die Situation zu genießen. Sein Schwanz wurde hart.

Er streckte sich einmal genüsslich. Angenehm warme Sommerluft, die auch mitten in der Nacht noch die Hitze des Tages erahnen ließ, strich über seine nackte Haut. «Am Ende des Flurs» - das war die Anweisung. Sein steifer Schwanz, der voller Geilheit pulsierte, zeigte ihm den Weg.

Die Wohnung war wie das Haus, in dem sie lag - groß, modern und völlig anonym. Teure Ferienwohnungen sahen so aus: geschmackvoll, aber spartanisch möbliert. Alles war weiß; nur ein Bild hing an der Wand zwischen zwei geschlossenen Türen. Eine Aktfotografie in Schwarz-Weiß – natürlich von einem Muskelmann. Nick warf im Vorbeigehen einen kurzen Blick darauf und grinste verächtlich. Fotos, auf denen Kerle die Hand vor ihren Schwanz und ihre Eier halten, fand er lächerlich. Er würde sich nackt über-

haupt nur mit steifem Schwanz fotografieren lassen. Ganz oder gar nicht – das war sein Motto. Auch hier und heute.

Er passierte einen langen, schmalen Spiegel, der ihm bisher nicht aufgefallen war. Für eine Sekunde sah er sich selbst und seinen harten Riemen, der jetzt fast senkrecht nach oben an die Decke zeigte. Gut sah das aus, fand Nick, sehr gut sogar.

Am Ende des Flurs, kurz vor der offenen Tür, die in einen dunklen Raum führte, kehrte die Unruhe plötzlich zurück.

Was machte er hier eigentlich? Hatte er sich nicht doch viel zu viel auf einmal vorgenommen? Der erste *blind date,* über das Netz verabredet, und dann gleich so eine Nummer? Wollte er wirklich einen Typen ficken, ohne ein einziges Wort mit ihm zu sprechen und ohne ihn wirklich zu Gesicht zu bekommen? Und: War es eine gute Idee gewesen, sich in seinem Account vier Jahre älter zu machen, weil er fand, ein achtzehnjähriger «Top Ficker» klinge irgendwie nicht wirklich überzeugend?

Andererseits: Er war geil, richtig geil, an diesem schwül heißen Abend, der schon seit Stunden ein heftiges Gewitter auszubrüten schien, das aber einfach nicht losbrechen wollte. Und er hatte Lust auf Abenteuer, auf echte Abenteuer. Außerdem sah der Arsch des Typen, der in dem dunklen Zimmer auf ihn wartete, auf den Fotos, die Nick bekommen hatte, echt gut aus: prall, rund und muskulös. Ein besseres Angebot hatte Nick an diesem Abend so spät nicht gefunden. Also hatte er sich darauf eingelassen, obwohl «Doc24» außer seinem Alter («na – 24») und den Bildern von seinem nackten Hintern nichts von sich preisgegeben hatte. Auch «facepics» wurden nicht getauscht. «Willst du meinen Arsch – oder was? Ich brauch kein weiteres Bild von dir. Wenn das wirklich DEIN Schwanz ist, dann bist du mein Mann!», hatte der Doc geschrieben, und das hatte Nick auf merkwürdige Weise imponiert.

‹Du kommst rein, findest mich auf dem Bett, und fickst mich so hart und so lange wie du willst – bis zum Abspritzen. Dann verschwindest du. Sofort! Kein Gesabbel!!› – das war die Abmachung. Sie passte irgendwie perfekt zu dieser Wohnung und zu diesem Haus, in dem keine Namen, sondern nur Nummern an den Klingeln standen.

Der Junge zögerte einen Augenblick. Er holte tief Luft und zwang sich dann weiterzugehen, weil er fühlte, dass seine Erektion verschwinden würde, wenn er auch nur eine Sekunde weiter über das nachdachte, was er vorhatte. ‹Tu's einfach›, sagte er im Kopf zu sich selbst. ‹Geh ficken!›

Seine Augen brauchten einen Moment, um sich an die Dunkelheit hinter der Tür zu gewöhnen. Nur den Mann sah er sofort: Er lag tatsächlich mitten auf dem Bett, lang ausgestreckt nackt auf dem Bauch und mit weit gespreizten Beinen. Die einzige Lampe im Zimmer beleuchtete seinen Arsch, der fast ganz unbehaart war und so hell glänzte als sei er aus Marmor. Einige Kissen unter den Hüften des Mannes hoben das Gesäß, und es sah vielleicht deshalb fast noch fester, muskulöser und runder aus als auf den Bildern im Internet.

Die Geilheit des Jungen war im Nu wieder voll da.

Plötzlich waren die Zweifel, die ihn eben noch geplagt hatten, wie weggeblasen – ja, er agierte vielleicht gerade deshalb viel entschlossener, als er selbst es für möglich gehalten hatte, weil er eben noch so unsicher gewesen war. Nach einigen kurzen Schritten stand er an dem Bett und beugte sich wortlos nach vorn. Die Arschbacken des Mannes, die er sich in der nächsten Sekunde mit beiden Händen griff, fühlten sich überraschend kühl, aber ausgesprochen fest an. Ein kurzes Zucken der starken Muskeln unter der glatten Haut, das er in den Fingern spürte, sagte ihm, dass der liegende Mann nicht gehört hatte, wie er näher gekommen war.

Impulsiv zog Nick die beiden soliden Halbkugeln weit auseinander. Gleichzeitig ließ er die Spucke, die er in den letzten Minuten in seinem Mund gesammelt hatte, senkrecht nach unten fallen. Sie fiel mit einem feucht klatschenden Geräusch genau auf die aus Runzeln und Falten gebildete Rosette, die das Arschloch des Mannes verschloss. Die Muskeln in den beiden Arschbacken zuckten noch einmal heftig, die Rosette, die jetzt nass glänzte, zog sich schlagartig wie von selbst zusammen, der Mann stöhnte leise. Offenbar hatte Nick ihn überrascht.

Erst jetzt registrierte der Junge, dass der Mann eine schwarze Augenbinde trug. ‹Hier wird nichts dem Zufall überlassen›, dachte Nick grinsend und schob dem Mann gleich zwei Finger in den Arsch. Wie er es erwartet hatte, traf er auf ein perfekt geschmiertes Loch. Die Muskeln gaben allerdings keineswegs willig nach. Im Gegenteil: Der Typ schien sich gegen die Penetration zu wehren und seinen Arsch fest zusammenzukneifen. Nick mochte das. Er verstärkte den Druck seines Arms und seiner Hand.

Der Mann grunzte tief in der Brust und warf den Kopf in den Nacken. Die Muskeln in seinem breiten Rücken, den der Lichtkegel der Lampe nur noch streifte, spannten sich an; seine Beine, die nach langen Läufen und viel Bewegung aussahen, erstarrten. Der Junge schnaubte durch die Nase – und trug den Sieg davon: Plötzlich steckten seine beiden Finger bis zu den Knöcheln in der dunklen und schlüpfrigen Wärme, die direkt hinter dem starken Schließmuskel begann. Nicks Schwanz reagierte mit einem enthusiastischen Zucken.

Entschlossen stieg der Junge auf das Bett. Die Ölflasche lag bereit; Nick bediente sich selbst.

Die Spitze seines großzügig eingeölten Schwanzes fuhr leicht und ohne Widerstand in die enge Schlucht zwischen den festen, schweißglänzenden Arschbacken. Wenn er

sofort nachgedrückt hätte, wär Nick gleich drin gewesen, aber das ging dem Jungen zu einfach und zu schnell. Um die Situation noch stärker auszukosten, stoppte er die Vorwärtsbewegung seines glitschigen, zuckenden Riemens ganz kurz vor dem Moment des Eindringens.

Der Mann seufzte. Ein dicker, schwerer Schweißtropfen löste sich aus den rasierten Stoppeln auf seinem Hinterkopf und rann über seinen braungebrannten Nacken bis hinunter auf den nicht ganz so dunklen Rücken. Nicks Zunge schoss gleich nach vorne, leckte den Tropfen auf und verfolgte dann die feuchte Spur nach oben, bis in seine Haare, und der Mann stöhnte. Wieder etwas tiefer angekommen, leckte und saugte Nick an seinem Hals; dann wanderte seine Zunge weiter zu einer der beiden Ohrmuscheln, die er so gründlich wusch, als habe er es darauf abgesehen, mit der Zunge das Trommelfell des Mannes zu durchstoßen, um dann das Innere seines kantigen Schädels auszulecken. Ein beifälliges Ächzen belohnte ihn.

Gleichzeitig schob Nick seine Hüften ein wenig vor. Er fühlte, wie sein Schwanz genau die richtige Position fand, die Stelle, wo es geradewegs in den Arsch ging, den er ficken wollte.

Aber «Doc24» hatte jetzt offensichtlich genauso viel Spaß an der Verzögerung wie sein Besucher: Er spielte nicht mit. Im Gegenteil: Sein Arschloch war fest geschlossen. Ein kleiner Machtkampf folgte. Schließlich half sich Nick mit einem Trick: Er biss den Mann in den Hals und nutzte den kurzen Moment der Überraschung für den entscheidenden Vorstoß. Wie von selbst passierte sein öliger Schwanz nun die muskulöse, eben noch unüberwindlich starke Sperre und glitt blitzschnell weiter nach vorne, tiefer in den Mann hinein, bis der wieder Gewalt über all seine Muskeln hatte und seinen Hintern noch einmal so eng zusammenkniff, wie es überhaupt nur ging.

Nicks mächtiger Stoß blieb auf halbem Weg stecken.

Überrascht japste der Junge nach Luft. Sein Date stand offensichtlich nicht auf Blümchen-Sex. Nick war das recht. Er fühlte sich bereit, jeden Kampf zu bestehen.

Seine Hände wanderten über den starken Rücken des Mannes zu dessen Hüften und gruben sich da ein, hielten ihn punktgenau an der richtigen Stelle, auf der Position, die Nick den richtigen Winkel und optimale Hebelkraft garantierte, und dann, während «Doc24» noch drohend knurrte wie ein gereizter Tiger, jagte der Junge, der dafür sein ganzes Körpergewicht und all seine Kraft einsetzte, seinen steifen Schwanz plötzlich mit einem Schlag in voller Länge in das heiße, enge Arschloch, das es ihm bislang alles andere als leicht gemacht hatte. Der Schweiß floss Nick in dicken Tropfen von der Stirn in die Augen, aber der Junge starrte trotzdem ohne zu blinken nach unten, dorthin, wo sich ihre schwitzenden Körper nun direkt trafen und verbanden.

Der Mann warf den Kopf in den Nacken und ließ einen Schrei los, den man bestimmt im ganzen Haus hören konnte, der aber rasch wieder abbrach, als Nick ganz in ihm drin steckte, als die Eier des Jungen gegen seine Schenkel schlugen und verschwitzte Schamhaare sich an der heißen Haut seines weit nach hinten rausgeschobenen Hinterns rieben. Auch als Nick gleich darauf noch etwas nachdrückte, um sicher zu sein, dass sich auch wirklich der aller-, allerletzte Millimeter seines harten Riemens in diesen Arsch hinein gegraben hatte, grunzte der Mann nur noch einmal kurz tief in der Kehle.

Für einen Moment lagen die beiden bewegungslos, der Mann lang ausgestreckt, die Beine breit, die Hüften nach hinten geschoben; Nick über ihm, mit gebeugtem Rücken und durchgestreckten Armen. Außer heftigem Atmen war

nichts zu hören; nichts rührte sich, nichts schien sich zu bewegen außer Nicks Schwanz, der rhythmisch in dem stahlharten Griff des ihn haltenden Arschmuskels pochte und zuckte.

Der Junge spannte seine unteren Bauchmuskeln an und fühlte, wie sein Schwanz dadurch noch etwas dicker wurde. Dann zog er seinen Riemen kurz zurück, nur ganz kurz, nur für einen halben Zentimeter oder so, und stieß gleich wieder heftig zu. Er schob seinen dicken Knüppel erneut bis zum Anschlag in den Mann und hielt sofort wieder ganz still.

Nach einer Sekunde schien etwas in ihm zu explodieren: Er wusste nicht mehr genau, wo er war und was er tat, aber er fickte den Mann so hart und wild, wie er noch niemals jemand gefickt hatte – und der Mann reagierte so heftig, rücksichtslos und unkontrolliert wie ein noch nicht gezähmtes Pferd, das um seine Freiheit kämpft.

Es wurde ein wilder Ritt, der Nick alles abverlangte. Der Schweiß ran dem Jungen in Strömen aus allen Poren – auch der Mann schwitzte wie eine Sau – schlüpfrige, nasse Haut bot keinen Halt und klatschte laut aufeinander, klebte für ein paar Sekunden zusammen und wurde dann wieder auseinander gerissen. Mit wilden Zuckungen versuchte der Mann ihn abzuwerfen – er wand sich, beugte den Rücken weit nach oben, fiel plötzlich ins Hohlkreuz, versetzte seinen Rumpf in seltsame Drehbewegungen –, gleichzeitig aber hielt er Nicks Schwanz mit seinen Arschmuskeln doch gnadenlos hart fest – und seine Hüften stießen auffordernd und herrisch immer wieder wild nach hinten. Jeder dieser Stöße war wie eine aggressive Forderung nach mehr – nach mehr Schwanz – mehr Kraft – nach härteren, tieferen Schüben – nach noch mehr Drive und Tempo.

Nick verlor alle Gedanken. Er wurde ganz Körper, ganz Schwanz und Eier. Nichts gab es mehr als seinen harten

Riemen, dieses heiße und unglaublich enge Arschloch, diesen Schweiß, diese Hitze um ihn herum, in seinem ganzen Körper und ganz besonders in seinem Schwanz – und das Bedürfnis wieder zuzustoßen, sich noch tiefer zu bohren, das Geräusch der aufeinander prallenden Körper noch lauter zu machen und noch härter zu ficken…

Irgendwann, als wirklich keine Steigerung mehr möglich war, hielten beide keuchend inne. Ohne ein Wort zu reden, sammelten sie Kraft für eine zweite Runde.

Als Nick sich soweit beruhigt hatte, dass er wieder zustoßen konnte, ließ «Doc24» ein Knurren hören, aber diesmal klang es doch eher wie eine Einladung als eine Drohung.

Scheinbar hatte der Junge die erste Prüfung bestanden.

Nick begann diesmal sachte, um den Mann noch etwas länger warten zu lassen, um ihn noch heißer zu machen. Seine Hüften machten nur ganz kleine, langsame Bewegungen: im Zeitlupentempo, fast unmerklich langsam, zog der Jung seinen pochenden, zuckenden Schwanz zurück und glitt dann ganz sacht wieder zurück auf der dicken Schmiere, die jetzt auf jedem Zentimeter seines Riemens, von der Spitze bis zu den Schamhaaren, saß und ihn ölig und glitschig machte, bis der Knüppel wieder ganz drin war in diesem glühend heißen Arschloch, und sein Sack wieder zwischen die gespreizten Beine des Mannes gepresst wurde. An diesem Punkt änderte Nick im fließenden Übergang die Richtung und glitt kurz zurück und dann wieder vor. Er fickte den Mann spielerisch, ohne Nachdruck, ohne Kraftanstrengung und immer langsamer, und genoss das Gefühl, wie sein dicker, harter Schwanz sich so leicht und einfach in dem eisernen Griff dieses Hinterns hin- und her bewegte wie ein gutgeschmierter Stahlkolben in einer auf kleinen Touren gefahrenen Dampfmaschine, die langsam warmläuft.

Der Mann wimmerte jetzt leise vor sich hin und sein Atem ging immer rascher und heftiger, denn natürlich wusste er, dass sein Besucher nur mit ihm spielte, ihn absichtlich warten ließ, und seine Kräfte sammelte für eine zweite heftige Attacke, die jeden Moment, jede Sekunde, losbrechen konnte. Schließlich ächzte er ungeduldig in Erwartung dieses gewalttätigen Angriffs, und er versuchte, dem Jungen zuvorzukommen, indem er seine Hüften wieder mit Schwung nach hinten schob, um den Schwanz, der sich nach seinen eigenen Regeln bewegte, einmal mehr hart und mit aller Kraft in seinen Hintern zu treiben. Nick aber hatte das erwartet und trickste den Mann mit einer Rückwärtsbewegung aus, so dass sein Schwanz kaum tiefer rutschte.

«Doc24» stöhnte frustriert. Nick hörte es mit einem erfreuten Grinsen. Er hatte seinen Gastgeber da, wo er ihn haben wollte.

Langsam befreite der Junge etwa die halbe Länge seines Schwanzes. Er sah kurz nach unten und freute sich, wie der dick geschwollene Riemen so feucht leuchtete und glänzte, wie dieses Arschloch sich so eng um seinen Schwanz schloss, ihn hielt und rhythmisch melkte und massierte. Dabei machte er kleine Bewegungen aus dem Becken heraus, so als wollte er das Spielchen mit der Erwartung noch weiter treiben, und dann, als der Mann endlich ganz still hielt und nur noch ergebungsvoll abwartete, was als nächstes passieren werde, genau in diesem Moment jagte Nick seinen harten Kolben ohne jede Vorwarnung, ganz plötzlich, mit aller Gewalt und in ganzer Länge in einer einzigen, wilden Bewegung bis zum Anschlag zurück in diesen Hintern. Auf der nach oben offenen Fick-Skala war das ein Stoß so ungefähr von Stärke Zehn, und Nicks schweißnasse Eier klatschten dabei laut gegen die glatten Schenkel des Mannes.

Ohne Unterbrechung ging es dann sofort so weiter.

Nick gab dem Mann eine ganze Serie von diesen kurzen, harten Stößen, die dessen heißen, schwitzenden Körper wie ein mittleres Erdbeben erschütterten, und schaltete dann noch einen Gang höher: Stakkato-artig rammte er seinen Schwanz mit jeder neuen Sekunde immer noch härter und noch rücksichtsloser in den Arsch von «Doc24».

Nick vögelte ihn wie ein Fick-Weltmeister aller Klassen; er zeigte dem Mann alles, was er in der letzten Zeit durch intensives Training nach dem Prinzip «learning by doing» gelernt hatte – alle Tricks, die man drauf haben muss, um einen Typen so richtig durchzuknallen. Der Junge demonstrierte alle Varianten des Zustoßens, die dafür sorgen, dass aus dem Fünf-Minuten-Standard-Fick eine de-luxe-Version von mehr als 30 Minuten wird, alle Veränderungen des Tempos und der Kraft, die hinter dem Rammbock, hinter dem Hammer, dem reinfahrenden Schwanz sitzt, die den Ficker wie den Gebumsten heißer und heißer machen, aber beide doch immer ganz kurz vor dem Abspritzen halten. Er fickte den Mann so schnell und hart, dass die Bewegungen seines Schwanzes und seiner Hüften mit bloßen Augen kaum noch wahrzunehmen waren, und er keuchte dabei wie ein Zehntausendmeter-Läufer ganz kurz vor dem Ziel; oder er zog seinen Schwanz ganz raus aus diesem heißen, engen Arsch und beobachtete, wie sich das eben noch weite Loch mit einem feuchten Schmatzen schloss und stieß sein hartes Glied dann gleich wieder brutal ganz tief in den Mann hinein – und der ächzte und keuchte dabei, aber er hielt die Beine weiter breit, bog den Rücken noch tiefer nach unten durch und schob seinen Hintern noch weiter nach hinten, so als könne er es gar nicht erwarten, Nicks harten Riemen wieder ganz in sich zu fühlen.

Oder aber der Junge hielt plötzlich ganz still, machte gar nichts mehr, ließ den Mann sich selber ficken und sah nur noch zu, wie der mit seinen Hüften arbeitete und sie

schwungvoll und voller Elan vor und zurück jagte, um den dicken, runden Wulst seines Arschlochs immer wieder über diesen Schwanz zu stülpen und ihn zu verschlucken, ihn aufzufressen, bis der ganze fette Knüppel verschwunden war und einmal mehr tief in ihm drin steckte - und der Mann seufzte und legte noch mehr Kraft in seine Bewegungen, fickte sich selbst mit noch mehr Eifer und Begeisterung.

Zur Abwechslung vögelte Nick den Mann dann wieder mit langen, sanften Bewegungen und machte dabei plötzlich Pausen, wenn sein Schwanz vollständig in diesem Arsch drinsteckte oder aber ganz kurz davor war, aus dem glitschigen Loch zu rutschen. Der Mann spürte dann, wie das Blut in dem fetten runden Schaft pulsierte und pochte, der in ihm steckte - und er schnurrte wie ein Kater in Erwartung einer lange ausgebliebenen Fütterung und griff schließlich zwischen seinen Beinen durch nach Nicks Eiern und spielte mit ihnen, und drückte und zog an ihnen, um zu fühlen, wie der Riemen in seinem Hintern zuckte, bis beide bereit waren für die nächste Runde mit tiefen, harten und dann immer noch härteren, noch tieferen Stößen, die Nick und auch den Mann wieder laut keuchen und stöhnen ließen, während beiden der Schweiß in Strömen über die Haut floss.

Bei alldem blieb Nicks Gastgeber stark beteiligt: Er ließ sich nicht einfach nur ficken - nein, er setzte seinen Arsch und seine Muskeln so ein, dass er stets Teil der Action war. Nick konnte sich nicht erinnern, jemals einen so harten Griff an seinem Schwanz gefühlt zu haben. Auch hatte es noch keinen Mann gegeben, der diesen Druck so raffiniert und so überraschend verändern, unterbrechen, abschwächen und verstärken konnte. Überhaupt schien «Doc24» nur aus Muskeln zu bestehen: Seine Beine, sein Arsch und

sein Rücken strotzten vor Kraft; sie brauchten keine Pause und kannten keine Müdigkeit.

Das Ende begann, als Nick sich mit seiner rechten Hand eine der kleinen, harten Brustwarzen des Mannes griff und sie kräftig kniff. Der Mann bäumte sich hoch auf und stöhnte. Wie auf ein geheimes Zeichen hielten beide plötzlich die Luft an. Sie wurden ganz still und bewegten sich nicht mehr, weil schon die kleinste Bewegung, der geringste Stoß, ausgereicht hätte, erst den einen und dann den anderen über den Punkt ohne Wiederkehr hinwegzutragen.

Nick wartete kurz ab, bis er so weit abgekühlt war, dass er sich wieder bewegen und den Mann weiter ficken konnte, ohne sofort und auf der Stelle zu kommen - und dann begann er die letzte Phase mit langen, langsamen Stößen, die den Mann bis ins Mark zu erschüttern schienen, und die doch schrittweise, nach und nach, immer schneller, härter und tiefer wurden. Willig schob der Mann seine Beine noch breiter auseinander, er bog seinen Rücken durch wie einen gespannten Bogen, schob seinen Arsch noch weiter, noch williger nach hinten, und ächzte und winselte und keuchte und jammerte, während Nick ihn so wild und hart fickte, als wolle er die Prostata des Mannes pulverisieren.

Die Hüften des Jungen arbeiteten jetzt so heftig und wild wie eine außer Kontrolle geratene Dampframme, und dann jagte er seinen Schwanz noch einmal, zum letzten Mal, so tief in den Mann hinein, wie es überhaupt nur ging. Nick erstarrte mitten in der Bewegung und dann wurde ihm kurz schwarz vor Augen, während ein Blitz in seine juckenden, vor Geilheit geradezu schmerzenden Eier einzuschlagen schien, und ein kurzer Moment dehnte sich wie eine Ewigkeit, eine Ewigkeit, in der der Junge den Kopf in den Nacken warf, die Luft anhielt und wartete und wartete und wartete - aber dann kam die Explosion. Ein unkontrol-

lierbares Zittern lief durch den ganzen Körper des Jungen, von den Zehen über die Beine, die Eier und die Brust bis hoch in den Kopf, und Nick spürte, wie ein glühend heißer Strom von Sperma sich seinen Weg bahnte, wie der dicke Saft aus seinem Sack herausschoss und in seinen geschwollenen Schwanz fuhr, wie eine erste Welle durch den engen Kanal in dem zuckenden Riemen bis hoch in die Schwanzspitze jagte, und sich schließlich in einer wilden Fontäne in den Arsch des Mannes entlud, der sofort weitere Eruptionen, neue Sturzbäche des weißen, klebrigen Saftes folgten, die aus Nicks Eiern nach oben schossen und den gefickten Hintern hoffnungslos überfluteten, weil der Sack des Jungen sich in eine gewaltige Pumpe verwandelt zu haben schien, die mehr und mehr und immer noch mehr Sperma aus ihm heraus jagte.

Um den Mann kümmerte er sich dabei nicht.

Aber das war offensichtlich auch gar nicht nötig. Nick spürte, wie jeder einzelne Muskel in dem heißen Körper unter ihm kurz erstarrte - und dann signalisierte ihm ein wilder Schrei und das rhythmische Zucken im Arsch des Mannes, dass er an seinem Schwanz fühlte, einen Orgasmus, der vielleicht nur durch seine Explosion in Gang gesetzt worden war. Diese heftigen Ejakulationen, die er zwar nicht sehen, aber doch fühlen konnte, folgten seinen eigenen Salven mit ganz kurzer Verzögerung wie ein Echo, das es sehr eilig hat.

Beide brauchten lange, bis sie wieder in die Realität zurückfanden und ihr Atem wieder einigermaßen normal ging. Langsam lösten sich die verschwitzten, glitschigen Körper voneinander, und schließlich glitt Nicks Schwanz aus dem Arsch, den er eben bis zum Überlaufen mit seinem Saft gefüllt hatte. Sein immer noch halb steifer, nun langsam abschwellender Riemen verließ das enge, heiße Loch mit ei-

nem saftigen, schmatzenden «Plopp» und zog eine dünne, feucht glitzernde Schnur von Sperma hinter sich her, die den Hintern des Mannes und seinen glühend roten Schaft noch einen kurzen Moment miteinander verband, bis sie in zwei ungleich lange Teile zerriss. Der kürzere Abschnitt pendelte unentschlossen an der sich langsam nach unten senkenden Spitze von Nicks dicken Prügel, bis er schließlich am Oberschenkel des Jungen kleben blieb; der längere Teil heftete sich an das rechte Bein des Mannes und lag dort als eine feuchte Spur, die sich am oberen Ende zwischen dessen Arschbacken verlor.

Nicks Augen lagen auf diesem nassen Band.

Etwas hielt ihn dort, wo er war. Dabei hatte er alles das getan, was verabredet war.

Eigentlich sollte er jetzt verschwinden.

Auch später konnte Nick nicht genau erklären, warum er geblieben war.

Statt zu gehen lag er plötzlich auf den Knien, seine Hände griffen nach den harten Arschbacken des Mannes, zogen sie weit auseinander - und dann leckte er wie ein Verrückter das malträtierte Arschloch, das er gerade erst gefickt hatte. Eigentlich stand er nicht auf so was. Und er hatte es auch noch nie getan. Bei diesem Typen, nach diesem Fick und an diesem Abend aber fand er es irgendwie ganz natürlich, ja zwingend, so weiter zu machen.

Plötzlich hatte er keine Furcht mehr vor Dreck, vor dem Geruch und dem Geschmack von Schweiß und anderem Zeug. Wie von selbst bohrte sich seine Zunge tief in das dunkle, feuchte Loch, in dem eben gerade noch sein Schwanz gesteckt hatte und in das er sein Sperma gespritzt hatte; gierig leckte er das auf, was seine Zunge zu fassen bekam; hemmungslos versuchte er, diesen Arsch noch weiter zu öffnen und noch tiefer in die Dunkelheit vorzudringen.

Als er die Hand des Mannes an seinem Hinterkopf fühlte, die ihn nach vorne zog und deren herrischer Griff sich wie der Druck eines Schraubstocks anfühlte, wusste Nick, dass er das Richtige tat. Er verlor sich in der Hitze, die ihn empfing, und spürte dabei doch, wie sein eigener, eben noch recht müder Schwanz wieder hart wurde.

Später rutschte Nick zwischen die Beine des Mannes. Sein Mund und seine Zunge trafen verschwitzte Haare, seine Nase roch Salz und anderes, zwei dicke, tropfnasse Eier glitten über sein Gesicht, seine Zunge spielte mit der runzeligen Haut, in der die Eier steckten – und dann landete der Schwanz des Mannes in seinem Mund. Er war feucht, mit Sperma verschmiert, aber steif und hart.

Und groß.

Nick sperrte den Mund so weit auf, wie es ging, versuchte konsequent durch die Nase zu atmen – und ließ sich maulficken. Der Mann machte das genauso hart und rau, wie Nick ihn eben gefickt hatte. Seine Eier klatschten immer wieder heftig gegen Nicks Kinn; die heftigen Stöße drückten den Kopf des Jungen hart gegen die Bettkante.

Beide kamen auch diesmal wieder fast gleichzeitig. Nick spürte und schmeckte die plötzliche Flut in seinem Mund und in seinem rau gestoßenen Schlund – und schoss dabei den eigenen Saft in weiten Bögen über Bauch und Brust.

Erst damit war ihre Geilheit befriedigt.

Nick verschwand ohne ein Wort aus dem Schlafzimmer.

Die Mappe sah er aus den Augenwinkeln, als er schon wieder angezogen war und sich nur noch rasch nach vorne beugte, um die Schuhe zuzubinden. Sie lehnte an der Wand, halb versteckt, halb vergessen, unter einem kleinen Tischchen, das in der weißen Leere des Flurs kurz vor der Wohnungstür an die Tatsache erinnerte, dass es auf dieser Welt Möbel gab.

Nick beachtete sie zuerst nicht weiter – dann, beim zweiten Schürsenkel, erstarrte er plötzlich mitten in der Bewegung. Er kannte diese Tasche.

Ein rascher Griff, während er sich schon wieder aufrichtete, und ein noch schnellerer Blick auf den Inhalt bewiesen, dass er Recht hatte. Die Liste mit den Namen und den geheimnisvollen Abkürzungen, die ihm gleich als erstes in die Hände fiel, diese Liste hatte er in den letzten Wochen häufig genug gesehen.

Lautlos schob er die Tasche wieder an ihren Platz. Die Tür zog er dann – wie verabredet – sehr energisch ins Schloss. Der Lärm hallte durch das stille Treppenhaus.

Zu lachen begann er erst auf der Straße. Er rannte und lachte und freute sich. Er freute sich über das Echo, das die leeren Straßen ihm für sein Lachen schenkten; er freute sich über das Tempo, mit dem rannte, über das Gefühl, so leicht und mühelos voranzukommen, über den Duft der Sommernacht – und über sein Abenteuer, das so plötzlich, ganz am Ende und ganz unerwartet, noch einmal so aufregend geworden war.

Das Lachen war gleich wieder da, als er in seinem Kopf zum ersten Mal klar formulierte, was geschehen war: Er hatte seinen Trainer gefickt! Welcher hoffungsvolle Jung-Fußballer konnte das schon von sich sagen? Aber er, Nick Gärtner, 18 Jahre alt und Bundesliga-Rechtsaußen in spe, er hatte gerade seinen Trainer gefickt!

Manuel Corolla, gestern noch der kommende Star der Liga, heute nach dem zweiten schweren Knieschaden aussortiert und nur noch der immer ungeheuer schlecht gelaunte Coach einer Ausbildungsmannschaft, Manuel Corolla war also ein Super-Bottom, der richtig hart genommen werden wollte! Und eine geile Sau, die auch für spontane Zweit-Ficks zu haben war.

Immer noch kichernd bog Nick ab auf den Parkweg, der

ihn ins Vereins-Internat zurückbrachte. Er sah den Lichtkegel der einsamen Laterne, die auf halber Strecke bei einer Bank am Weg stand – und zog sich noch im Gehen das Hemd aus. Dann kam die Hose dran. Um seinen Schwanz musste er sich nicht weiter kümmern.

Das Foto war schnell gemacht. Nick checkte kurz, wie es aussah. Man sah seinen lang nach oben gereckten Arm, sein Gesicht, gut ausgeleuchtet und klar zu erkennen, die nackten Schultern, etwas vom Rest des Körpers, die Sportschuhe an den Füßen, und auch seinen steifen Schwanz. Der harte Riemen warf einen eindrucksvollen Schatten auf dem Fußweg.

Nick war zufrieden. Immer noch nackt, schrieb er seine SMS und schickte das Ganze dann sofort ab. «Hey trainer/doc24», hatte er geschrieben, «erkennst du diesen Schwanz?»

Als er nach seinem Hemd griff, meldete sich das Smartphone.

Die Nachricht kam von Corolla, und zwar von seiner offiziellen Adresse. Nick blinzelte verwirrt.

So schnell konnte der Mann gar nicht reagieren. Das musste etwas anderes sein. Irgendwas wegen des Trainings morgen. Er öffnete die Nachricht. Sie war kurz.

«Hi Nick», las er, «guck mir gerade unseren film an (kleiner tipp für weitere blind-dates: vorsicht vor versteckten kameras!). zu deiner performance: wie immer starker einsatz – technik könnte aber besser sein. erstes extra-training für dich: morgen nach der ausdauer-einheit! duschen erst danach!»

In Nicks Kopf drehte sich plötzlich alles.

Er musste sich setzen.

Nick überflog noch einmal die Nachricht auf dem leuchtenden Bildschirm. ‹Der Zufall liebt die Glücklichen› – hatte das nicht irgendjemand so gesagt?

Wie Recht der Mann doch hatte.